渡されたのは小説版でした。良かった〜。山田先生のシナリオに手を加えるなんて恐れ多くて。無論、小説も山田先生の手によるものですが、シナリオ化する過程で否応なく自分のテイストが入って来る。とにかく己の解釈を信じて、途中、２００５年版を制作された内山さんから「ＤＶＤに焼きましょうか？」と言われましたが、観たい気持ちをグッとこらえて、書き切りました。そして今、ゲラチェックの段階で初めて、山田先生のシナリオを拝読させて頂きました。

いやー、読まなくて良かったです。

読んでたら「これ、このままやるのが一番だと思います」と、丁重に断っていたでしょう。前書きで盛大にネタバレするわけにもいきませんが、まったく古びていないのです。とても昭和57年に書かれたとは思えません。いや、書いた時代がどうとか、古いとか新しいとか、そういう評価の余地がない、これこそ山田先生の原点であり根源なのではないかと、今、興奮状態なのでそう思ってしまう。『岸辺のアルバム』も『想い出づくり。』も『早春スケッチブック』も『ふぞろいの林檎たち』も『ありふれた奇跡』も、全て『終りに見た街』を書いた山田太一の作品だと思うと、今の僕には合点が行くのです。

特に戦争に対する悔恨の深さとそのディティール、昭和45年生まれの僕が敵《かな》うわけがな

前書き

宮藤官九郎

宮藤です。

何と言っても、この本の魅力は、山田太一先生の『終りに見た街』と宮藤官九郎の『終りに見た街』の読み比べが出来るという一点に尽きると思います。

山田先生の作品は、後追いも含め、観られるもの、読めるものには出来るだけ触れて来ました。しかし、幸いこの『終りに見た街』は未見でした。

旧知のテレビ朝日中込プロデューサーから「これなら、やって良いそうです」と原作を渡されました。前々から中込さん、そして内山聖子プロデューサーは、山田太一作品を僕がリメイクしたら面白くなると考えていたようで、他の作品も候補に挙がっていましたが、実現には至らないまま月日が経っていました。

シナリオ集

終りに見た街

山田太一　宮藤官九郎

大和書房

い。僕も知らない〝戦争〟について、視聴者と感覚を共有する必要があったので、やや冗漫な導入部を書きましたが、そうか、昭和57年には、人々の心に〝戦争〟の記憶がまだ生々しく残っていたんだなぁ。終戦から37年しか経ってなかったんだもんなぁ。ネットを駆使すれば正確なデータは出て来る現代。しかし本当の国民感情、死と直面した時の恐怖、言論統制により自分に嘘をついて生きなくてはならないもどかしさ、昨日まで敵だった国の文化を享受する戸惑いなどは、調べて書けるものではない。そういう意味で、改めて、舞台を現代に置き換えたのは正解だったのかも知れません。主人公の太一（山田版では要治）には戦争体験がない。それはそのまま僕と山田先生の違いでもあります。ああ、字数が足りない。とにかく、このような一生に二度ない機会を下さった中込さん、内山さん、全スタッフ、キャスト、そして快諾してくださった山田先生とそのご家族の皆さんに感謝します。願わくば、完成した作品を山田先生に観て頂き、感想を伺いたかったです。そしてこの本を手に取った方へ。山田太一ファンの方は宮藤版から、僕のシナリオを一篇でも読んだことがある方は山田版から読むことをお薦めします。

それではお楽しみください。

（２０２４年８月）

終りに見た街　目次

前書き　宮藤官九郎　001
終りに見た街　宮藤官九郎〔シナリオ〕　009
終りに見た街　山田太一〔シナリオ〕　085
作者の言葉　山田太一　168
＊
解題　174

終りに見た街——山田太一／宮藤官九郎

終りに見た街

宮藤官九郎

〔シナリオ〕

終りに見た街　**宮藤官九郎**（脚本）

テレビ朝日開局65周年記念ドラマプレミアム
２０２４年（令和６年）９月21日放送

原作小説　山田太一『終りに見た街』（小学館文庫）

制作著作　テレビ朝日

［スタッフ］

エグゼクティブプロデューサー　内山聖子（テレビ朝日）

プロデューサー　中込卓也（テレビ朝日）
後藤達哉（テレビ朝日）
山形亮介（角川大映スタジオ）
和田昂士（角川大映スタジオ）

音楽　沢田完

演出　片山修（テレビ朝日）

［登場人物］

田宮太一（脚本家・筆名 宮田一太郎　49歳）　大泉　洋
田宮ひかり（妻　46歳）　吉田　羊
田宮清子（太一の母　88歳／昭和61年＝50歳）　三田佳子
田宮信子（長女　15歳）　當真あみ
田宮　稔（長男　11歳）　今泉雄土哉
小島敏夫（太一の父の戦友・敏彦の甥　54歳）　堤　真一
小島新也（敏夫の息子、敏彦と瓜二つ　17歳）
小島敏彦（敏夫の叔父　特攻兵　15歳）　奥　智哉
小島敏之（敏彦の弟）　緋田康人
寺本真臣（テレビ朝日プロデューサー　36歳）　勝地　涼

五十嵐（ドッグウェア専門店オーナー）　神木隆之介（特別出演）
先輩俳優（『刑事七、八人』）　田辺誠一（特別出演）
後輩俳優（『刑事七、八人』）　塚本高史（特別出演）
農夫　西田敏行（特別出演）
老人　橋爪　功（特別出演）
瀬尾竜次（新也の友人　22歳）　篠原悠伸
清子の少女時代（7歳・9歳）　松岡夏輝
将校A　小久保寿人
将校C　佐藤祐基

［脚本用語］

Ｎａ　　ナレーション

ＯＦＦ　　登場人物が画面の外で喋る台詞

フラッシュ　　回想

カットバック　　ある映像の中に割り込む形で別の映像が入る

●田宮家・書斎

ディスプレイ上に『終』の文字が打ち込まれる。

太一（Na）「世界を終わらせる……この瞬間、私は、万能の神である」

一篇のシナリオを書き終えた脚本家、宮田一太郎こと、田宮太一（49）、大きく反《そ》り返《かえ》り、

太一「あーーーーーー」

●同・キッチン

冷蔵庫から低糖質ビールを出す太一。

太一（Na）「劣等感や承認欲求、あらゆる負の感情から解放され、世界中から賞讃の声を……」

信子「え、飲むの？　おっさん、やめてよ朝から、終わってるよ」

長女、信子（15）が制服姿で朝食のテーブルにつく。

太一「飲むよ、誰が何と言おうと、パパは、この一本のために……」

妻、ひかり（45）が太一の手から缶ビールを奪い、

ひかり「その前にレオの散歩お願いしますね、パート早番なの」

母の清子（88）が電動車椅子で廊下を移動しながら、

清子「信子さん、折り紙教室、何時からですかぁ？」

ひかり「折り紙は土曜日、火曜日はデイサービス、私はひかりです」
信子「おばあちゃん、私、誰だか分かりますぅ？」
太一「信子、そういうの笑えないよ。稔、食事中はスマホ禁止！」
稔「うっせえな～朝から、気分わりい」
信子「触っちゃいけない物、買い与えんなよ」
太一（Ｎａ）「……神の時間、終了」

●同・家の前

柴犬レオに引かれ出て行く太一。

太一（Ｎａ）「49歳、テレビドラマのライターにとって、この分譲地は身の丈に合わない買い物だったのかもしれない」

改めて我が家を振り返る太一。

●多摩川を見下ろす高台

駅を出る電車を眺める太一、遠くには新宿のビル街。

太一（Ｎａ）「キャリア20年、代表作は……まだ無い」

●テレビ朝日・スタジオ・前室

ドラマ『刑事七、八人』の撮影現場。

太一（Ｎａ）「これだって、入ったの、5話からだし、誰かが降りたら私が書く、私が降りたら……誰かが書く」

先輩俳優と後輩俳優が、太一に気づかずスタジオ内へ。

先輩「監督、この台詞《せりふ》、言わなきゃダメ？　生理的に無理なんだけど」

後輩「黙ってやりましょうよ、大したシーンじゃないんだから」
先輩「やめてよ（笑）、俺の数少ない見せ場よ」
後輩「あーあ、さっきまで巻いてたのになぁ」
太一（Ｎａ）「脚本家が最終話を書き上げ、現場を訪れたというのに、労《ねぎら》いの言葉もない。劣等感、承認欲求、ひとりじゃないのに、孤独だ」
所在なげに壁のスケジュールを見ていると、プロデューサーの寺本真臣《まさおみ》（36）が背後に立ち、
寺本「脚本家の宮田一太郎先生からシャインマスカットの差入れ頂きましたあ！」
太一「してない、俺の差入れ、のど飴！　やめてよ、それより寺本っちゃん、今朝送った最終話……」
寺本「読んでない。つーか会っちゃったねえ、宮田せんせ、やっぱ持ってるわー、うぇいうぇい、証拠のインスタ撮っちゃう？」
太一「なに、なんなの寺本っちゃん、普通に話してよ」
寺本「（神妙に）……脚本家が、降りちゃったんです」

●同・会議室

目の前に企画書『終戦80年記念スペシャルドラマ』
太一「……いや、俺じゃないでしょ、こういうのは」
寺本「いや俺でもないから（笑）。けどまあ、どうせやるなら、ちょっとでも俺色に染めてやろうと思って」
一枚目をめくるとタイトル。
太一「（読む）『大空襲の夜、会いたい、君と』……恋愛ドラマ？」
寺本「こんな時代だからさ。東京大空襲をラブス

トーリーのフォーマットに落とし込んで？　すれ違いとか腹違いとか、韓流要素も加えちゃって？　ＢＬ成分も匂わせちゃって？　不時着した B29の操縦士と情報局の少佐が恋に落ちる……」

太一「愛の不時着だね」

寺本「不時着はね、自分で言ってて無いと思った。けど、それくらい極端に振らないと、もう戦争ものじゃ数字取れないの」

太一「そうなんだ」

寺本「去年のやつなんか酷《ひど》かったぜ、あんな白い歯の特攻隊いるかよ、茶髪《ちゃぱつ》だし」

太一「出るねえ愚痴が、でも、時代考証とかうるさいでしょ」

寺本「大丈夫、80年前だよ、文句言う人、死んでますって」

太一「うちの親、生きてるけど」

寺本「おいくつでしたっけ？」

太一「88、米寿《べいじゅ》だよ」

●田宮家・玄関先

清子、デイサービスの送迎車に車椅子ごと乗せられる。

太一（ＯＦＦ）「さすがに認知症の症状出てるけど、ムダに元気」

●ドッグウェア専門店

寺本（ＯＦＦ）「美人の奥様は？」

太一（ＯＦＦ）「それが最近パート始めてさ。ペットが着る服あるでしょ、フリフリの、あれの縫製だって」

ひかり、30代のオーナー五十嵐に仕事を褒められる。

五十嵐「うーわー、ひかりさんって、やっぱり天才肌！」
ひかり「やーだーもう、オーナー、恐れ入りますぅ」
五十嵐「うちのワンちゃんに着せたいなぁ、みんなも、ひかりさん見習って下さ～い」

●テレビ朝日・会議室

寺本「そっかー、家のローンもあるしねー」
太一「子供2人、大学行かせるまでは頑張んないとね……あれ？　いつの間にか、断りづらくなってる」
寺本「（手帳開き）いつごろ頂けますぅ？」
太一「やるとは言ってない」
寺本「お盆明けに第一稿ということで」
太一「いや、ちょっと一旦持ち帰らせてよ（立ち上がる）」

●同・廊下

ドアを開けたタイミングで、通りかかった背広姿の冴《さ》えない男、小島敏夫（54）とぶつかりそうになる。

太一「あ、すいません」
寺本「（出て来て）先生、8月末まで待てます」
敏夫「太一くん？」
太一「はい？」
寺本「お願いします、せんせ、宮田せんせしかいないの」
敏夫「小島です、ほら、小島敏彦の甥《おい》の、敏夫です」
太一「……あ～あ、はいはい（全く見当ついてない）」
寺本「（どなた？という顔）」
太一「（もう少しヒント欲しい）お変わりないで

すか？」
敏夫「ええ（ニコニコ）」
太一「（早くどっか行って）」
敏夫「……」
太一「……あ、やります」
寺本「ほんとに⁉　さすが宮田せんせ、じゃあ早速資料、膨大な資料があるから、データかバイク便で……」
太一「データでください」
「ＯＫ！」と去って行く寺本。
敏夫「懐かしいなぁ、お父様の四十九日《しじゅうくにち》に、お宅にお邪魔しました」
太一「（思い出し）……ああ」

●回想・太一の生家・台所
38年前　昭和61（１９８６）年
『１９８６』
暖簾《のれん》越しに、客間で仏壇に手を合わせる親子が見える。台所から出ようとしない清子に、
太一（11）が、
太一「お母さん、出て来て挨拶してよ」
清子(50)「知らないもの、あんな男」
太一「父さんと同じ部隊にいた、小島さんの弟だって」
清子「小島さんなら知ってるわよ、幼馴染《おさななじ》みだもの。けど、弟なんていたかしら？　怪しい、何が目的かしら」
太一「やめて聞こえるから」
清子「図々しい、夕飯時に、出前でも取るしかないじゃないか」

●同・客間　昭和61（１９８６）年
敏之「立派なお屋敷だ」
小島敏之の傍《そば》で、居心地悪そうな敏夫（16）。

太一（Ｎａ）「昭和の終わり頃まで、親父の戦友を名乗る客がたまに来た、だいたいが借金、金の無心、もしくは何かの勧誘」

お茶を出す太一。敏之、奥の清子にも聞かせるように、

敏之「兄は戦地で果てました。君のお父さんは……生きて還《かえ》られて……家族に囲まれ、天寿《てんじゅ》を全《まっと》うされたんですね、本望《ほんもう》でしょう」

出てない涙を懸命にハンカチでこする敏之。

太一（Ｎａ）「自分に酔ってるような、芝居がかった口調、拭いても拭いても濡れないハンカチ、母さんの冷ややかな目、私が〝戦争〟と関わった、数少ない経験」

暖簾の隙間から見ている清子。

いたたまれない思いで視線を交わす太一と敏夫。

●テレ朝・ロビー（回想戻り）

太一（Ｎａ）「薄い……こんな薄い関わりで反戦ドラマなど書いていいものか」

敏夫「何度か飲んだよね、太一くんは確か劇団で芝居を……」

太一「とっくにやめましたよ、食えなくて、若気《わかげ》の至りです」

敏夫「僕も学生演劇かじったけど、安定を取って就職しました」

太一「確か広告関係にお勤めで。もう部長クラスでしょ、いや、役員かな？」

敏夫「早期退職しましてね」

太一「……すいません」

敏夫「蓄《たく》えはあります、ただ時間がね（ため息）余生という膨大な時間……何もしないよりはとエキストラ事務所に登録したんです」

太一「……あ、それで背広を」

敏夫「サラリーマン役（笑）。今日は刑事ドラマ。いやあ、難しいね。30年間サラリーマンだったのに、エレベーターに乗り込むだけで20回もNG出しちゃって（笑）。太一くんは？」

太一「その刑事ドラマの脚本を書いてます」

敏夫「……そうなんですね」

太一「……」

敏夫「すいませんエキストラは台本もらえないので。……あの先生」

太一「先生はやめてください」

敏夫「これも何かの縁だし、ひと言でいいので台詞のある役を……」

太一「いやあ、そういうのは（と拒絶）」

敏夫「……じゃあ連絡先を」

●田宮家・玄関先

デイサービスの送迎車から降車中の清子。

ヘルパー「そうだ、介護保険証って今日お持ちですか？」

太一「ああ、えっと、どこだろ、母さん、介護保険証だって」

バッグや車椅子のポケットを探すが見つからない。

そこへバイク便の配達員が段ボール箱を抱え、

配達員「テレビ朝日の寺本さんから、お荷物お届けに上がりました」

太一「はあ⁉　データでって言ったのに、ちょっと待ってて」

一台のバンが停まり、助手席からひかりが降りて、

ひかり「すいませんすいません介護保険証ですよ

ね（と中へ）」
五十嵐「どうもご主人、ドラマ観てますよ」
太一「あ、どうも」
五十嵐「すごいですねぇ、ひかりさんとも話してたんです、あんな面白い話書く人には見えないって、頭の中覗いて見たいって」
ひかり「あったありました、はい（と渡す）」
五十嵐「私もサイン、こんなのしかないけど」
配達員「あのサイン頂けますか？」
ドッグウェアにサインを書かされる太一。
五十嵐「渡辺いっけいさんの役が個人的にツボです」
ヘルパー「じゃあね、おばあちゃん、次は金曜日」
清子「（笑顔で）おばあちゃんじゃねえよ」

●同・キッチン
段ボールを抱えたままの太一、台所のひかりに、
太一「パート抜けられないの？ 家にいたから良かったけど」
ひかり「オーナーの五十嵐さんに送ってもらいますってＬＩＮＥしたけど」
太一「ふん、五十嵐ってんだ、あいつ、五十の嵐と書くのか？」
ひかり「他にないでしょ、イガラシ」
太一「面白い話書く人に見えない？ そんなにつまんない男に見えるか俺は、渡辺いっけい？出てねえよ！ 誰の、何と間違えてる」
ひかり「忙しいの、秋冬もののデザイン任されたんです」
太一「偉そうに、たかがペットの……」

ひかり「なんか言った⁉」
太一「なんでもないですー（出て行く）」
ひかり「あなたのお母さんでしょ、私にばっかり押しつけないで」

●同・書斎

分厚いファイルを一冊手に取り、開く太一。

太一「（ため息）字が小さいよーもう（と、老眼鏡をかけ）」

太一（Na）「昭和17年4月、初めてとなる空襲で荒川区、淀橋区、牛込区……おお、カラー」

最新技術を駆使した空襲のカラー写真。

太一「AI使って加工してんのか……うわあ、生々しいな」

●多摩川を見下ろす高台（日替わり・朝）

愛犬レオの散歩をする太一。

太一（Na）「木造住宅が密集する東京は火災に対して脆弱《ぜいじゃく》である、そこに目をつけたアメリカ軍は……」

●田宮家・書斎（夜）

資料を読《よ》み耽《ふけ》る太一。

太一（Na）「昭和19年11月24日から翌20年8月15日まで、計122回の空襲を……」

スマホにインスタの通知音。

『寺本Pが写真を投稿しました』

いかにも業界人のホームパーティの写真が連続投稿。

太一「……ふん、いいご身分だなぁ」

『自宅に板前さん呼んじゃいました、うぇい』

『#こんな時代だから』『#世界平和うぇい』

『#SDGs』『#松阪牛しか勝たん、うぇい』

太一「薄っぺらいんだよバカ」

●同・リビング（日替わり・朝）

朝食に手もつけず写真（モノクロ）に見入る太一。

太一（Na）「当時は情報統制が敷かれ、戦況が正しく報じられず……」

太一「お！　二子玉《にこたま》」

信子「なに？」

太一「これ高島屋んとこだよね？　ママ見て？　稔、見ろほら、多摩川の土手から見た写真だよ、母さん、懐かしいだろ」

清子「おたく、どなた？」

●多摩川を見下ろす高台（夕方）

太一（Na）「空襲警報に怯《おび》えながら、誰もが日本の勝利を信じていた」

家の手前でレオが足を踏ん張って動かなくなる。

太一「どうした、レオ、今日はもうずいぶん歩いたぞ」

怯えるように低く唸《うな》るレオを無理やり庭に引きずり込む。

●田宮家・玄関先（夕方）

レオ、今度は、太一と一緒に玄関から中に入ろうとする。

太一「ダメだって！　レオ、家に入っちゃダメ！　お前の部屋はそこ！（と小屋を指す）」

●同・書斎（明け方）

明け方、ソファで寝落ちしている太一。

スマホに寺本のインスタ連続更新『#こんな時代だから』『#早朝サウナ』『#世界平和う

ぇい』
窓の外、閃光《せんこう》が走る。インスタがぴたりと止む。
突然、ドンッ！という衝撃音で目を覚ます。
太一「……なんだ？」
眠い目をこすり起き上がり、カーテンを少し開ける。
太一「……」

●同・寝室

ベッドに座り、眠っているひかりを揺り起こす太一。
太一「ママ……ねえママ……ママ……」
ひかり「……なによ」
太一「……俺、どうかしちゃったよ」
ひかり「あそう」
太一「……ママ、聞いて」
ひかり「なんなの」
太一「なにもない」
ひかり「なにがない」
太一「なにが、じゃなくて、なにもだよ」
ひかり「（スマホ見て）……まだ6時前じゃない」
太一「森なんだ」
ひかり「どうぶつの？」
太一「違う、俺の部屋、カーテン開けると、お隣のガレージだろ、浜野さん家《ち》の、真っ赤な車」
ひかり「いけ好かない真っ赤な車……」
太一「消えてる、ガレージごと消えてる」
ひかり「（やっと起き上がる）」
太一「見なくていい、俺がどうかしてんだ。ここんとこ、戦争の資料ばっか読んでて……ったく、これじゃお袋と変わんないな」
ひかり、窓際に立ちカーテンを開ける。
太一「これって心療内科かな（スマホ出し）ＰＴ

ＳＤ的な。ストレス、幻覚、寝不足（で検索）」
「サーバーが見つかりません」の表示。
ひかり「なにもないよ」
太一「だからさっきからそう……ええっ⁉（慌てて窓際へ）」
窓の外、うっそうと茂る雑木林。
ひかり「なにこれ、森？　ていうか、雑木林……」
太一「……そうかママもか、良かったあ、いや、良くない！」
ひかり「え？　浜野さんは？　いつ引っ越した？」
太一「そういや、すごい音したけど……」
ひかり「夜逃げ？」
太一「いやいやいや！　ないだろ、百歩譲って、夜中に取り壊したとしてだ、ないけど、その後に、こんな立派な森が一晩で（妻を見て）なにしてんの」
おぼつかない手でスマホを触るひかり。
ひかり「五十嵐さんに電話しないと」
太一「まずパートかよ（うんざり）」
ひかり「そうよね、信子のお弁当……あ、稔、起こさないと、朝練《あされん》なのよ部活……え⁉　どういうこと⁉」
太一「落ち着こう！　ママ、俺たちだけが、どうかしてるんだきっと」

●同・玄関

太一、ドアに手をかけ深呼吸。

太一（Ｎａ）「どんなに願った事だろう、ドアを開けると、いつに変わらぬ住宅地の朝が見え、夫婦で笑い合う場面を」

玄関のドアを開ける太一。

●同・玄関先

見渡す限り緑一色。

太一「……」

怖くなり、思わず犬小屋に目をやり、

太一「レオ！　レオどうした、出ておいで」

体を震わせ頑《かたく》なに小屋から出ようとしないレオ。

太一、意を決して玄関から庭、そして車道に通じる門へ。

太一「……」

車道が消えている。向かいの家も両隣も、一帯の家屋が全て消え、ただ雑草が生い茂っている。

太一「……はは」

ひかり「（追いついて）なによ」

振り返ると広大な草原に、ポツンと建つ田宮家。

太一「……ははは」

ひかり「やめてよ（こみあげる笑いを堪《こら》える）」

太一「……いやだって……笑うだろ……これ……見ろよ……無いんだぜ、ははは、ポツンと一軒家（爆笑）」

ひかり「ふふふふ（耐えきれず笑う）やあね、笑うようなこと？」

太一「笑うようなことじゃない……あはは……全く、笑いごとじゃない！」

ひかり「ふははははははは……」

狂ったように笑うことで正気を保つ二人。

太一「あはははは……どうしよう」

●タイトル『終りに見た街』

●田宮家・リビング（数時間後）

一転して深刻な顔つきのひかりと太一。

稔「なにこれ！」

カーテンを次々に開ける稔（11）。

稔「野球できる！　姉ちゃん、庭で野球できるよ」

太一「稔、座りなさい」

信子「（不機嫌）ありえないんだけどぉ」

ひかり「ありえないわよ、だから緊急家族会議なの……」

稔「ポツンと一軒家！　ポツンと一軒家！」

太一「稔！　それ、パパがさんざんやったからもう面白くない」

ひとり悠然とメロンを食べる清子。

ひかり「とにかく、夢のような事が起こっているの―

太一「夢のように素敵なという意味じゃないぞ、むしろ逆、納得いかない出来事、という意味だ」

信子「うざい、分かるように説明して、明日から期末なんだけどぉ！」

太一「期末は、おそらくない」

信子「うっそマジ⁉　やった！」

太一「学校がないんだから、テストもないだろ。あと高島屋もない。だから母さん、多分それ最後のメロン、もっと大事に食べて」

信子「……見てきたの？」

太一「ああ、そのへんグルッとな」

●多摩川沿いの道（回想）

『1時間前』変わり果てた街を歩くパジャマ姿の太一。

太一（ＯＦＦ）「とにかく人を探した。こんな馬鹿げたことに巻き込まれたのはウチだけじゃないはずだ」
「すいませーん！」と叫びながら川へ向かって歩く太一。
太一「……（呆然）」

●田宮家・リビング（回想戻り）

太一「……なかった。ウチから多摩川まで、家が一軒もなかった」
以下、太一の見た光景が随時フラッシュバック。
太一「新二子橋も、その向こうに見えるはずの新宿のビル群も消えてた。２４６号線は……砂利《じゃり》道だった」
ひかり「電車は？」
太一「走ってなかった、ていうか、駅あったかな」
信子「ライズは？　１０９シネマズは？」
太一「田んぼだった」
稔「はま寿司は？」
太一「そっち行ってない」
信子「どういうこと？　ライズも高島屋もないって」
清子「高島屋は昭和44年にできたんだよ」
太一「とにかく……（一瞬？となるが）ウチだけが無事で、他の、あるべきもの、人も車もコンビニも……信子」
信子「（スマホを触りながら）……あ？　なに」
ひかり「つながる？」
信子「つながらないからかけてんの」
太一「やめなさい、ムダだから」
信子「ためしたっていいじゃない！　他にできることないんだから！」
ひかり「やめましょ、言い合いは、不毛」

太一「……とにかく、何が起きてるのか確かめたくて、坂を上ったんだ……そしたら」

●坂道（回想）

甲高《かんだか》い、男の叫び声が聞こえ立ち止まる太一。
太一「……（声のする方を探し）」
樹の間から小さな神社が見える。身を潜める太一。
声「敵国は南太平洋に多量の飛行機を持ち込み、我が軍の兵士に必死の抵抗をしている！」
叫んでいるのは若い教師、直立不動で聞く少年達。
若い教師「しかし、我が将兵のただの一歩も後退するところではない！　断じて一歩も引かん！　陸に空《くう》に海《かい》に、大東亜の正義を貫かんとしている！」
太一「……」

●田宮家・リビング（回想戻り）

太一「神社で子供達が……大人の号令で、一斉に歌いだしたんだ」
信子「なんの歌？」
太一「丘にはためく、どうのこうの……」
ひかり「知らない」
清子「（歌う）♪丘にはためく　あの日の丸を～」
戸惑う太一、ひかり、子供達。

●小さな神社（回想）

子供達が軍歌を歌う、異様な光景。

子供達「♪仰《あふ》ぎ眺める　我等の瞳」

太一（ＯＦＦ）「なんだこれは、ドッキリか？　フラッシュモブ？　だがカメラは見当たらない。それくらい……大袈裟《おおげさ》というか、みんな芝居がかってたんだ……けど違った」

少年の肩を突く教師。よろける少年。その頬に平手打ち、
太一（ＯＦＦ）「ドッキリにしては、やり過ぎだ……」
執拗に繰り返される体罰。少年たちの悲鳴にも似た歌声。
太一「（思わず）やめろ！」
ゴンッ、側頭部に鈍い衝撃を喰らい、うずくまる太一。
男の声「なにしてる」
男の足元は軍靴《ぐんか》。ゲートルが巻かれている。
戦闘帽をかぶった老人が、棍棒《こんぼう》を手に立っている。
老人「（切羽詰まって）どこの者だ！　なんて格好してる！」
太一「……（パジャマ姿であることに今さら気づいて）」
老人「立て！　こんなところで何してた！　答えろ！」
思考を巡らせる太一、こめかみから耳に血が滴《したた》る。

＊　＊　＊

フラッシュバック（回想）寺本の戯言《ざれごと》。
寺本「不時着したＢ29の操縦士と情報局の少佐が恋に落ち……」

＊　＊　＊

太一「……情報局の者だ」
老人「……じょ、うほうきょく？」
太一「そうだ、貴様には分からんだろうが」
脳裏に戦争資料の活字が次々に浮かぶ。
『本官』『重要な任務』『陸軍少佐』『石上』
太一「（徐々に力強い声で）本官は重要な任務をおびて、このあたりを探索している陸軍少佐、石上という者である！」

老人「はっ！（思わず敬礼）大変失礼致しました！」

太一「（悠然と敬礼し）わが軍は今日も醜《しゅう》敵《てき》に鉄《てっ》槌《つい》を下し勝利を収めておる。いずれ大本営発表があるだろう」

短くカットインする活字『醜敵』『鉄槌』『大本営発表』

背筋を伸ばし、精一杯軍人ぽく歩く太一、振り返り、

太一「ここで本官と会ったことは他言無用だ」

太一（ＯＦＦ）「そして……パパは悟った。これは、逆行だと」

●田宮家・リビング（回想戻り）

ひかり「ぎゃっこう？」

太一「時間を遡《さかのぼ》り、過去に……（少しニヤけ）タイムスリップした……」

信子「なんで笑うの」

太一「笑ってないよ」

信子「笑ったよ今、笑ったよね」

太一「照れるんだよ、タイムスリップって……ないだろ、不時着より無いよ。バカげてる。けど……それならここが雑木林なのも説明がつく、高島屋がないのも、二子玉の駅がないのも……」

清子「玉電《たまでん》は昭和13年に今の東急電鉄に合併されたんだよ」

ひかり「……お義母《かぁ》さん」

清子「もともと路面電車だったの、多摩川の砂利を運ぶための」

太一「ちょっと黙っててよ、母さん」

清子「駅の傍に玉川遊園地があったんだけどね、昭和19年に閉園して畑になったの、悲しかった」

信子「どうしたの？　お婆ちゃん」
太一「あ！」
　太一、急に立ち上がり、寺本から届いた資料を開く。
　多摩川のモノクロ写真。
　信子のカラーペンで色を塗り出す太一。
　山は緑、川と空は青、道は灰色。
太一「あー、あーあーあー、うーわーあわわわ……わーわーわー」
信子「なんなの、ウザいよ、気持ち悪いよ」
　ペンで着色した資料写真を見せ。
太一「これ、昭和19年6月の写真。で、こっちが今、パパが同じ場所で撮ってきた写真、どうだ、そっくりだろ」
　スマホで撮った風景の写真を並べて見せる。
ひかり「……昭和19年」
太一「そうとしか考えられない」
信子「……高島屋は？」
太一「ないんだよ高島屋は！　パパそれずっと言ってる！」
稔「はま寿司は？　ねえ、はま寿司のカリカリポテト食べたい」
太一「だから……いかん、また言い合いになってる。駅そばの遊園地が昭和19年に畑になったって、母さん言ったよね」
　指でスマホの画面を拡大して見せる太一。
稔「畑だ」
ひかり「やだ」
太一「オレたちだけ、昭和19年の6月に……」
信子「タイムスリップしたってこと？」
清子「ノルマンディーだね」
　一同、清子を見る。
清子「昭和19年6月6日、連合軍がドーバー海峡を渡って、ドイツ占領下のフランス、ノルマンディーに上陸」

太一「……どうした、母さん、急に」

信子「（スマホに『ノルマンディー』と入れ）ネット繋《つな》がんない！」

太一「日本史の教科書取って来なさい（と言いながら資料を漁《あさ》り）今となっては紙の資料に助けられてるな……あった」

『ノルマンディー上陸作戦、１９４４年６月６日』

得意げな表情の清子。

稔「……すごい」

ひかり「朝ごはん食べたかどうかは忘れちゃうのに」

信子が日本史の教科書を手に戻って来ながら、
信子「今が１９４４年の６月ってことはさ、戦争が終わるまであと1年２ヶ月ってこと？」

稔「戦争ってなに？　日本は戦争してんの？　どこと？」

太一「……負けてばっかだ」

目に飛び込んで来る史実のインパクトに狼狽《うろた》える太一。

『昭和19年』

『6月15日　米軍サイパン島上陸』

『6月16日　北九州に米機来襲』

『6月19日　マリアナ沖海戦　日本軍　敗北』

『7月7日　サイパン　日本軍　玉砕』

『7月8日　インパール退却』

太一（Ｎａ）「この逆行が本当なら、恐ろしく奇妙な体験だ。我々だけが、これから起こることを知っているのだ」

＊　＊　＊

フラッシュ。神社で見た光景、教師の演説が重なる。

声「断じて一歩も引かん！　陸に空に海に、大東亜の正義を貫かんとしている！」

＊　＊　＊

太一（Ｎａ）「来年の夏に原爆が落とされて、敗戦を迎えることを。それだけじゃない、マッカーサーも帝銀事件も、オリンピックも万博も、バブルもオウムも震災もコロナも二度目のオリンピックも……戦後80年、なんて長さだ、80年をこれから反復するのか……」

電話のベルが鳴る。

一同「⁉」

点滅する子機をじっと見る一同。

信子「……え？　誰？　なんでかかって来るの？」

清子「昭和19年にはもう電話ありましたよ」

ひかり「(太一に)……出てよ」

太一「え、おれ？」

ひかり「原因が分かるかも知れないじゃない、脱出できるかも知れないじゃない、例えば……テレ朝の人かなんかで」

太一「昭和19年になんでテレ朝があるんだよ」

ひかり「現代よ、２０２４年のテレ朝！」

太一「現代は昭和19年なの！　２０２４年は未来なの！　あれじゃないのか？　犬の服屋の五十嵐」

ひかり「やめてよ、子供達の前で……」

太一「子供達の前で話せないようなことがあったのか」

ひかり「犬の服屋ですって⁉」

清子がスピーカーホンのボタンを押し、

清子「田宮でございます」

太一「おい！」

敏夫の声「……出た！　やったあ！　繋がったぁ。もしもし？　太一くん？　もしもーし、小島ですぅ」

太一「え、敏夫さん⁉」

●駅

待ち合わせ場所にやって来た敏夫、太一を発見して大きく手を振る。顔を数ヵ所、怪我している。

傍に高校生の息子、新也、ふて腐れている。

敏夫「いやあ、参ったねえ、このたびは」

太一「どうしたんです？　顔」

敏夫「でもほんと良かった、携帯繋がらないけど、家電は生きてた（笑）。あ、これ息子の新也。ダメよ太一くん、そんなキレイな服着てたら憲兵に捕まるって」

見れば敏夫も新也も、わざとくたびれた衣服を着ている。

太一「え、じゃあ敏夫さんも……」

敏夫「昭和19年でしょ？」

太一「昭和19年」

敏夫「こっちも朝から昭和19年、どうにもこうにも昭和19年」

どこからか剝《は》がしてきたガリ刷りの戦意高揚のビラ。

『昭和十九年六月十三日』とある。

太一「（心底安堵《あんど》し）良かった。……いや、良かないけど、ウチだけじゃなかったんだ」

敏夫「撮影だったのよ（と歩き始める）」

太一「はい？　ああ、エキストラの（続く）」

敏夫「例によって台本も渡されず、でも今回は主演女優の情報が出てたの、乃木坂だか欅坂《けやきざか》だか……」

新也「櫻坂《さくらざか》だよ」

敏夫「それ目当てでついて来たのコイツ（笑）。で、朝5時過ぎ。ちょっと遅刻して現場ついたらさ」

●空き地（回想）

軍服を着た男達が模型の銃（木製）を掲げ行進している。

敏夫「戦争映画かよ（舌打ち）。今日はハズレだぞ、新也」

敏夫（ＯＦＦ）「今思えば、撮影にしては、やけにリアルでさ」

教官に声をかける敏夫。

敏夫「すいません、ネットで登録した小島です、これ息子、あのー、朝メシどこですか……」

言い終わる前に教官の鉄拳が飛んで来る。

教官「なんだその口のきき方はぁ！　歯を食いしばれ！」

敏夫「すいませんっ！」

教官「（新也に）貴様は！」

新也「は、はい、櫻坂46の……」

殴られる新也。

●田宮家・リビング

敏夫「二人揃ってボコボコにされて、ようやく気づいたのよ。あ、これ、映画のロケじゃないなって」

太一「遅いよ（笑）」

敏夫「だよね、カメラもなければスタッフもいない。本物の軍事教練だったのよ〜、お母さん」

敏夫の軽妙な語りに清子、信子、稔も思わず笑う。

ひかり「パパちょっと（と手招き）」

敏夫「それにしても、どうせ時間を戻すなら、こっちの体もちょっと若くして欲しかったよね、中年のまんま戦時中に戻されてもさあ、四十肩《しじゅうかた》だわ、痛風《つうふう》だわでもう、どないせえちゅうねん」

キッチンで、小声で話し込む太一とひかり。
太一「……しょうがないだろ、親父の戦友の甥っ子なんだから」
ひかり「だからって、どうして家の番号なんか教えたのよ」
太一「ＬＩＮＥも携帯も教えたくなかったんだよ」
ひかり「そんな人、家に呼んでどうするのよ」
太一「……けど、タイムスリップしたのがウチだけじゃないって分かったし、情報交換したり、何かと……」
敏夫「お母さん80年前は？　疎開してたんだ、へえ、そーかい（笑）」
太一「何かの役に立つかもしれないじゃないか！それより腹減ったよ、カップ麺あったよね……」
ケトルに水を入れようとするが水が出ない。
敏夫「あ、ガスも水道もダメでしょ」
火をつけようとガスを捻《ひね》るが、つかない。
太一「……昭和19年っ！」
ひかり「小島さん、お住まいは？」
敏夫「（ダメダメと手を振り）家は高輪《たかなわ》なんで行くだけ行ってみたけど、マンションも娘も、かみさんも消えてた」
清子「あら、心配」
敏夫「むしろホッとしましたよ、いないってことは、元の世界……２０２４年ね、そっちで呑気に暮らしてるって事ですから、今ごろ、ふわふわのパンケーキでも食べてんじゃない？」
稔「あーもお、パンケーキ食べたいよお！」
太一（Ｎａ）「頼もしいのか頼りないのか判然としなかったが、敏夫さんの陽気さに、片時《かたとき》でも救われたのは事実だった」

●同・庭（夕）

庭の花壇のブロックを積み重ねる太一。

敏夫「なにしてるの？」
太一「簡易的な竈《かまど》を、新聞紙燃やせばお湯ぐらい沸かせるでしょ」
敏夫「ダメだよ、火は。人が来たらどうすんの」

敏夫、スコップで庭の土の硬さを確かめる。

太一「……しかし、火がないと飯《めし》も炊《た》けませんよ」
敏夫「使うさ、一回だけ」

敏夫、煙草に火をつけ煙を吐きながら、

敏夫「今夜のうちに、この家は……燃やしちゃいます」
太一「……（笑うしかない）」
敏夫「（合わせて笑い）必要なものだけ運び出してさっさと燃やし……」
太一「なんだとお⁉」
敏夫「しーっ！　声が大きい……」

怒りに任せ摑《つか》みかかる太一。

太一「冗談じゃない！　燃やしちゃいます？　何の権限があってアンタは……人の家を何だと思ってるんだ！」
敏夫「落ち着いてよ、太一くん」
太一「おかしなこと言うからだアンタが！　いいか！　家を建てるってのはな、日本人にとって男子一生の大事業なんだ、それを……あーくそ！　ひょっこり訪ねて来て、くわえ煙草で、燃やしちゃおうだあ⁉　ローンは！　まだ20年残ってる！」
敏夫「警官なり兵隊なりが踏み込んで来たら、どう説明するの」
太一「……はぁ……はぁ……」
敏夫「80年後の世界から来ましたなんて言うつも

りじゃないよね」
太一「だからって……燃やすは……いくら何でも諦めが早いと思いますねえ！　何かの拍子にまた2024年に戻るかもしれない、そうなったら無意味に私の家だけがなくなって、高輪の、敏夫さんのマンションは、ある、そんなのおかしいです！」
敏夫「いや、だけどね……」
太一「いつからタメぐちだ⁉」
敏夫「ええ？」
太一「こっちは敬語でやってるよ！　歳《とし》は……私の方が5つ下だからいいのか……いいのか？　こないだは『先生』とかって持ち上げたじゃない」
敏夫「ごめんなさい、知らない仲じゃないし、敬語にします？」
太一「いいよ、いいのか？　続けて」
敏夫「終戦まで生き延びなきゃいけない。金になりそうなものは穴を掘って埋めて、後で取りに来よう。大事なものは持って行く、灯油はある？」
太一「……ありますよ」
敏夫「家族には全員で安全な場所に避難するって言っとこう、夜中に僕と君だけ、戻って来て、火をつけて燃やす、いいね」
太一「いやだ！」
敏夫「いやだ、って……」
太一「だってさあ、無茶苦茶じゃないの」
敏夫「起こったことが無茶苦茶なんだから対策も無茶苦茶だよ」
　太一、自らを納得させようとウロウロして、
太一「レオは……犬を連れてっちゃダメかな」
敏夫「……」
太一「18年飼ってる、人間で言ったらもう老人な

んです。頼む。犬だけ……違う違う、なぜ許可を求めてるアンタに！」
敏夫「私は避難場所を探しに行く、その間に君、家族を説得して、ここに穴を掘っといてくれ、頼むよ（と去る）」
太一「キミ？」

●同・リビング

ひかり「本気で言ってるの？」
　子供達は、実用品をカバンに詰める太一をただ見ている。
太一「考えてみろ、僕らの主観では、隣近所の家が突然消えた、というストーリーだけど、この時代の人々からしたらこの家は、雑木林に突如出現したＵＦＯのようなものだ」
信子「さすが脚本家（笑）」
太一「混ぜっ返すな」
ひかり「引き払うなんてイヤです、絶対にイヤ」
太一「誰か来たらどうする、物が無い時代なんだよ、テレビ、エアコン、システムキッチン、どう説明する」
ひかり「（遮《さえぎ》り）この家はただの物質じゃない、私たちの……何もかもでしょ。よすがと言ってもいい、財産、聖域、生きた証《あかし》……」
太一「そこまで言うかね」
信子「何してんの？」
　灯油缶（ポリタンク？）を持っている太一。
太一「（取《と》り繕《つくろ》う）とにかく、大事な物をまずカバンに詰めるんだ」
稔「大事なものなんてないな」
太一「お前（眩暈《めまい》）……正気か？　母さんは生きた証とまで言ったのに」
信子「私はスマホとApple WatchとNew Balance」
太一「ダメだ」

稔「そうだよ、そんなのあとで買えばいい」
太一「違う、どれもアメリカの製品だからだ」
清子「アメリカと戦争してるのよ、日本は」
太一「母さん……」
　奥から出て来た清子、古い帳面を数冊、膝に抱えている。
清子「日記帳、持ってってもいい？」
太一（Na）「たった一人の戦争経験者。頼りになるのは、認知症の母だけか」
　ドンドン！という、サッシを叩く音
一同「!!」
　戦慄が走り、恐怖で顔を見合わせる田宮家。
ひかり「……敏夫さん？」
太一「（窓ごしに外を覗いて）……新也くんだ」
　ロックを外し開ける太一、スコップを持った新也が、
新也「兵隊さんだよ」
　庭に30代の将校、門の外に6人の兵卒が立っている。

●同・玄関（夕）

　太一、中を見られないよう外へ出て、
太一「……ご苦労さまです（背筋を伸ばし礼）」
清子「（窓から覗き、稔に）……少尉だよ、襟に金線一本、銀星一つだから」
　将校A、家の全貌を眺めるように、少し下がり。
将校A「……家の建築は何年前か」
太一「はい、4年と5ヶ月です」
　犬小屋の中、低く唸《うな》るレオ。
太一（Na）「……頼む、レオ、声を出さないでくれ」
将校A「（威圧的に）職業は、何をしておいでですか？」

太一「はっ、さる筋の特命を受け……兵器開発の研究をさせて頂いております」
将校A「……ほお（くるりと向きを変え兵卒に向き直り）お前たち！」
すかさず太一、使い込んだテニスボールを拾って玄関の中へ放る。キョトンとした目で太一を見るレオに、
太一「中に隠れろ」
将校A「この山を探索したのは何度目だ」
兵卒A「はっ、四遍であります！」
太一「（戸惑うレオに優しく）どうした？　入っていいんだよ」
レオ「……」
将校A「このお宅に気づかないとは、どこを見て歩いとったか！」
兵卒A「はいっ！」
レオ、ようやく玄関の中へ。すかさずドアを閉める太一。
ほぼ同時に将校が向き直り、
将校A「ご主人」
太一「は、はい！」
ちょうど敏夫が、リヤカーを引いて帰って来る。
敏夫「……」
雑木林ごしに、見張りの兵士を発見、慌てて身を隠す。
将校A「この山は軍が統括し、民間の立入は間もなく禁止されます、明日にも、然《しか》るべき者が来るでしょう」
太一「ご苦労さまです」
将校A、回れ右して家に背を向け、
将校A「しかし奇妙だ……」
太一「はい？」
将校A「お宅に来るための、道がない」

太一「……」

●雑木林の中（夜）

リヤカーに清子と荷物を乗せ、逃走する田宮家と小島家。

太一（Ｎａ）「妻と子供たちは、初めて昭和19年の家の外へ出た。表情がないのは、この事態を受け入れているからなのか……」

稔「レオは？　ねえパパ、レオ置いていくの？」

太一「心配するな、あとで必ず迎えに来るから」

信子「マジでなにもないよ」

スマホを出し、時間を確かめる太一。

太一（Ｎａ）「スマホは一台だけ、記録用に持って来た」

＊　＊　＊

フラッシュ（回想）庭に掘った穴に家電を埋める田宮家。

＊　＊　＊

太一（Ｎａ）「あとはパソコンもテレビも庭に埋めて、これからはコーラもハンバーガーも、ＹｏｕＴｕｂｅも、ブルーノ・マーズも相席食堂もない生活……」

ひかり「……パートどうしよ、五十嵐さんに心配かけちゃう」

太一「（聞こえているが無視）」

●橋の下（明け方・日替わり）

毛布や寝袋で眠るひかり、信子、稔、新也、清子。一人起きて、焚き火の番をする太一。

太一（Ｎａ）「他国をためらいなく『敵』と呼び、他国の人間達の死を、それもできるだけ沢山《たくさん》の死を願っても許され、むしろその殺意を褒められる時代、この子達が適応できるのか……」

●農家の庭先（朝）
　農夫に、ほどこしを乞う敏夫。
太一（Ｎａ）「天皇陛下を無条件に敬《うやま》い、国家のために死ぬことが美しく、個人の幸福を願う者は非国民と罵倒される時代……」
農夫「ダメだ、ダメだ」
敏夫「米がダメなら芋でも野菜でも、タダでとは言いませんよ」
農夫「ダメだって、帰れ帰れ……!?」
　敏夫、農夫の目の前でジャンプ傘をバッ！と開く。
農夫「（驚いて）……なにした？……え、なんなのこれ」
敏夫「最新型のこうもり傘です、交換しましょうか？」
農夫「野菜と？」
敏夫「握り飯７つと芋７本でどうでしょう」
農夫「……いやいやいや、そうは問屋が……!?」
　バッ！　再び傘が開き、興味津々な農夫。
農夫「……ちょっと貸してみろ」
　ジャンプ傘を開けてみて、ご満悦な農夫。

●橋の下
　握り飯を頬張るひかり、清子、子供達、敏夫。
　太一、資料を見ながら、
太一「ダメだな、環八《かんぱち》の向こうはどこも空襲の記録がある」
清子「三鷹はどう？　疎開へ行ったけど、静かだったよ」
敏夫「日が暮れたら、お父さんとおじさん、お家《うち》の様子見てくるよ」
稔「僕も行く」
太一「……ダメだ」

稔「行く！　レオに会いたい！」
信子「とっくに逃げちゃったよ、窓開けて来たから」
ひかり「待ってるよ、レオはお利口さんだもん」
太一「……必ず連れて帰って来るから」

●雑木林（夜）

懐中電灯を頼りに歩く太一と敏夫。
太一「敏夫さん、やっぱり燃やさなきゃダメかな……」
敏夫「……」
太一「分かってる……軍が統治するってことは、どのみち住めないもんね。けど万が一……」
敏夫「消して」
雑木林の向こうで懐中電灯の灯りが動く。
敏夫「兵隊だ、かなりいる」
20mほど先に田宮家、人影が動いている。
太一「……明るいうちに来るべきだったか」
敏夫「どのみち捕まってたよ」
縁側のサッシが30センチほど開いている。
前夜とは別の将校Bが中に向かって「御免！」と叫ぶ。
太一「……（祈るような気持ちで）」
合図を送る将校B。草藪《くさやぶ》に潜んでいた20～30人の兵士が、銃を構え姿を現し、田宮家を取り囲む。
将校B「おるなら出て来い！　おらんのか！」
将校B、軍靴でサッシを開け、土足で上がり込む。静寂。懐中電灯が室内を照らす灯。ワン！　という遠い咆哮《ほうこう》。
太一「レオ……」
灯りが乱れ（懐中電灯を落とした）激しい格闘のノイズ。緊張と動揺が外の兵士に伝播《でんぱ》する。外へ飛び出る将校B、懐中電灯で照らされる。

将校B「撃てぇっ！　撃てぇっ！」

一斉の銃火。ガラスの割れる音をかき消すほどの銃声。

光に照らされ、一瞬レオが跳躍するのが見えた。

太一「‼」

叫びそうになる太一の腕を掴む敏夫。

敏夫「火だ」

やがてカーテンの奥が赤く照らされている。

太一「灯油缶……」

将校B「撃つな、止め！　止め！」

ワン！　ワン！　ワン！　とレオの鳴き声、
サッシの隙間から狙いを定め発砲する将校B。

銃声。鳴き声が止む。後を追って来た稔が、
稔「レオぉ！」

太一「⁉（振り返り）……稔、なんでお前は……」

後方の兵士が気づいて「誰かいるぞ！」と叫ぶ。走り出す敏夫。稔を担ぎ上げて後に続く太一。

＊　＊　＊

雑木林を走る太一。後を追う数名の兵士。
太一「……ちきしょう……ちきしょう……⁉」
凹みに引きずり込まれる太一、目の前に敏夫の顔。
敏夫「気配を消すんだ」
太一「……」
稔の口を塞《ふさ》ぐ太一。兵士が気づかず通り過ぎる。

＊　＊　＊

開けた場所に軍のトラックが駐《と》めてある。
敏夫「トラックだ……」
太一「まずいですよ、軍のでしょ」

敏夫「家燃やされてなに言ってんの、乗って！」
近隣の住民が「火事だ」「火事だ」と集まって来る。
エンジン音。太一、迷いを断ち切り稔と共に荷台へ。

●土手（夜）

走るトラック。助手席に新也、荷台に清子、信子、稔。
開けた道に出ると、遠く雑木林が燃えているのが見え、
ひかり「あれ……うちの方じゃない？」
太一「見るんじゃない！」
信子「……うそ、レオは？　ねえ、レオは？」
答えられない太一。稔は一点を見つめ、歯を食いしばり泣くのを堪《こら》えている。高く燃える炎、遠ざかる。

太一（Na）「夢のマイホームが、そしてレオが、私たちの何もかもが焼き尽くされた」

●実景・三鷹の空き家

畑の中の古びた平屋。
太一（Na）「昭和19年の夏を、私は三鷹で過ごした」

●同・居間

太一（Na）「疎開で、空き家になった一軒家を、敏夫さんが借りてくれたのだ」
外で「ごめんください」と声がして、顔を見合わせる。
ひかり「……私が行く」

●同・庭先

隣組組長の与田、婦人部長の広重。対応に出

るひかり。

太一（Ｎａ）「すぐに隣組の代表が訪ねて来た。親切の皮を被《かぶ》った詮索だろうが、米や大豆はどこの配給所で何曜日、防空壕はどこ、など、あれこれ教えてくれた」

与田「坊やがいますね、何年生？」

ひかり「……五年生です」

広重「なら国民学校ですね、お嬢ちゃんは？」

ひかり「……15歳です」

●同・廊下

息を潜めている稔、資料を読んでいる太一。

電気が通っていて、携帯が充電コードに繋がっている。

信子は令和から持って来たハンディファンで涼んでいる。

広重の声「ご主人にもいずれ隣組の常会に出てもらわんと」

ひかりの声「それが……今ちょっと患《わずら》ってまして……」

信子「あーあ、あづい！」

太一「おいっ！」

太一（Ｎａ）「ひと月が経ち、まず信子の心が崩壊した」

●同・居間

信子「もうやだあ！」

食卓に芋の煮付け、葉っぱを刻んだお粥《かゆ》の粗食。

ひかり「我慢して信ちゃん、明日には小麦粉が……」

信子「ウソだ！　小麦粉なんかどこにも売ってないじゃん！　お前らウソばっかり！」

敏夫「原宿行ってクレープ買って来ましょう

か？」
信子「うざい！　おもんない！　工夫が足りないんだよ。お粥だったらカレー粉でリゾット風にするとか、麦飯なら、せめてふりかけがあれば食ってやるよ、誰が食えるかこんなもん！」
ハンディファンを投げつけ出て行く信子。
清子「（平然と食べ）物がない時代を知らない子はかわいそう」

●農村（日替わり）

敏夫、ハンディファンを農村の老婆に勧める。

敏夫「ほら、涼しいでしょう、替えの電池も付けましょう」

太一（Ｎa）「人当たりの良い敏夫さんは、近所でリヤカーのレンタル業を始めた。一時間貸して、見返りは肉や野菜、生活必需品」

敏夫「積み荷は倅《せがれ》にやらせますから」

無言で働く新也。

引き替えに籠《かご》いっぱいの肉、野菜を持たされる新也。

●三鷹の空き家・居間（日替わり）

太一（Ｎa）「稔を新学期から国民学校に行かせるべく、戦時中の一般常識を教え込む」
稔、信子を座らせ、
太一「信じられないだろうが、この時代、天皇陛下は神様なんだ」
稔「神様って（笑）、どう見ても人間じゃん」
敏夫「誰かに聞かれたら不敬罪で連行されるぞ、ねえお母さん」
清子は折り鶴、ひかりは縫い物をしている。
新也は（当時の）新聞を読んでいる。
敏夫「アメリカ人をカッコイイとか言うのも絶対ダメ、ドジャースの帽子も捨てなさい」

太一「英語もダメ。『パパ』や『ママ』もＮＧ」
信子「バカバカしい、どうせ負けるのに」
敏夫「そういうの、冗談でも言っちゃダメな時代なんだよ」
信子「何的に？　コンプラ的に？」
敏夫「……まあ、そうかな。今は、誰もが日本の勝利を信じてる、新聞も本当のことは書かないからね、その〜……」
太一「言論統制」
敏夫「さすが作家先生（笑）、とにかく敵はアメリカ、鬼畜米英、日本は神の国、それが昭和19年のコンプライアンス」
太一（Ｎａ）「猛烈な違和感を覚えた。それらは間違った考え方だし、一年後には全てひっくり返ることを、我々だけが知っている」
清子「ニッポン、ヨイクニ、キヨイクニ」
ひかり「……お義母さん」
清子「修身の授業で教わったの、『世界に一つの神の国』」
敏夫「（本を両手で持つ仕草で復唱）世界に一つの神の国」
信子「すごいすごい、よく思い出したね、80年前でしょ」
太一「……」
清子「日本よい国、強い国、世界に輝く偉い国」
一同「……日本よい国、強い国」

●同・縁側（夜）

太一「やっぱりよそう！　こんなの間違ってる」
冷静に縫い物を続けるひかり。
ひかり「学校行かせなきゃ変な噂が立つし、国民登録しなきゃ配給だって受けられませんよ、それと髪！　切らないと怪しまれる」
太一「切らないよ、僕は、こんな時代に迎合してたまるか！」
ひかり「（フンと鼻で笑う）」
太一「……平気なのか、君は、稔や信子に軍事教育を受けさせて」
ひかり「国民登録って？　マイナンバーカードみたいな感じ？」
太一「全然ちがうよ！（資料を開く）男子12歳から60歳、女子12歳から40歳の国民は登録を義務づけられ、いつ何時《なんどき》、戦地や軍需工場に行くように命じられても断れない、登録しなければ非国民、犯罪者……おい、聞きなよ、手を止めて！」
ひかり「これ婦人部に持ってったら、お米とお醤油が貰えるの」
太一「……そうなの」
ひかり「生活の足しになってるんです、あなたは、たかがペットのお針子仕事ってバカにしたけど」
太一「そんな言い方はしてないだろ」
ひかり「敏夫さんや新也さんは毎日遠くまで歩いてお肉や野菜を調達してくれます、お義母さんだって千羽鶴折ってますよ、稔は学校、信子は勤労動員、あなたは？　髪も切らずに何をなさってるの？」
太一「仕事だよ、ドラマを書くための資料を……」
ひかり「締切は80年後の8月ですか？　放送は？　80年後のテレ朝系？　わあ、楽しみぃ〜」
太一「うるさい！　切らんぞ髪は！」
●農道（日替わり）
太一は籠、敏夫と稔は空のリュックを背負って歩く。
太一「ったく、あんなこと言う女じゃなかったんだけどな、働き出してから、どうにも当たりが強い……やっぱりデキてんのかな、オーナーの五十嵐と、ねえ、どう思います？」
敏夫「要するに太一くんは、配給も受けず、隣組にも入らず、稔くんを学校へもやらず、あと一年、生き延びようってわけ」
太一「ムリかな」
敏夫「普通に考えたらね、食い物に替えられそうな物も、そんなに無いし」
　籠の中にはクロックス、サングラス、ウォレットチェーン、スケボーなど、役に立たなそうなものばかり。

●農家の前

　クロックス、サングラス、ウォレットチェーンなどを身につけた老婆が手を振って見送る。
太一「分からないもんだねえ」
敏夫「お似合いですよぉ（手を振り返す）」
　籠には野菜が満載、リュックもぱんぱんに膨らんで、
太一「久しぶりに豪華な晩餐だぞ、稔」
敏夫「……風呂、入りたいね」
太一「いいでしょ、汗かいちゃったもん、稔、銭湯行くか」
稔「やったあ！　風呂！　風呂！」

●銭湯

『当局の命により上がり湯を禁ず』の張り紙。

湯船はギュウギュウに混んでて入れそうもない。

　太一、隅っこで稔の体を洗ってやる。

太一「……今日、新也くんは？」

敏夫「パスだって……芋や葱《ねぎ》をもらう為に、父親が卑屈に頭下げるの、たまらないってさ……」

太一「それでか、この頃夜中に、言い合いしてるから」
敏夫「俺だって、好きでやってんじゃないよ、こんなこと」

●神社の境内

太一、敏夫、稔、歩きながら、
敏夫「もう、なに考えてるか分かんないんだよ、随分前から。なんだ？　Z世代の次の世代なんでしょ？　やりたい事がないんだと」
太一「稔も、いずれそうなるのかな」
露店の前で子供達がメンコで遊んでいる。
稔「あれなに？　トレカ？」
太一「あれはメンコだよ、ほしいか？」
稔「いい、贅沢は敵だよ」
敏夫「なに言ってんだ、今日は稔くんも働いたんだ、当然の権利だ」
太一「さあ、好きなの選べ」
悩んで、戦車の絵柄のメンコを選ぶが、
太一「そんなんじゃなくて、この犬のヤツに……」
敏夫「好きなの選べって言っといてそりゃないよ、なあ」
太一、戦車のメンコを一個買い、子供達に、
太一「この子、まぜてやってよ」
遠慮がちに輪に加わる稔。離れて見守る太一と敏夫。
敏夫「……ところで清子さんだけどね」
太一「え？　母さんがどうかしました？」
敏夫「うん……（言い淀《よど》む）」
太一「元気なんですよなんか昭和来てから、頭もハッキリしてるし」
敏夫「元気って言うか……俺のことが好きなんじゃないかな」

太一「……」
敏夫「俺のことが好きなんだろうか」
太一「やめてください、一回聞こえないフリしたんだから！」
敏夫「すまん」
遠くで稔が「やった！　ひっくり返った！」と大喜び。
太一「（心底呆《あき》れ）88ですよ？　犬で言ったら18！　犬で言うことないけど、そりゃ元気だけど、好きとか……勘弁してよ！」
敏夫、ポケットから折り鶴を出す。
敏夫「枕元に置いてあるんだ……毎朝なんだよ」
開くと「お慕い申し上げます」というメッセージが。
太一「……」

●三鷹の空き家（日替わり）
清子、縁側でトウモロコシの皮をむきながら、
清子「嫌いだよ、あんなやつ、勘弁してよ！」
太一「（焦りながら安堵し）そうか、うん、だったらいい」
庭で薪《まき》を割る敏夫と新也。
清子「キモいよ、マジ無理、同じ空気吸うのもいや」
太一「分かったって、だったら母さんもイタズラやめて」
折り鶴を見せると清子、瞬時に握り潰す。
太一「え？　……なんなの？　やっぱ好きなの？」
清子、首を激しく振る。
敏夫「交替」
太一「じゃあ何なの……」
敏夫に代わって新也が薪を割る。

太一「……え、新也くん⁉」
清子、赤面し俯《うつむ》く。
太一「……おいおい待てよ幾つだよ、17歳？　犬で言ったら子犬だよ、何考えてんだよ、みっともない、はあ⁉」
敏夫「どうかした？」
太一「何でもない何でもない、え、なんで⁉」
清子「初恋の人に似てんの」
と、日記帳に挟んであったモノクロ写真を見せる。
敏夫の叔父、敏彦の出征前の写真、確かに新也と瓜二つ。
太一（Ｎａ）「小島敏彦さん。敏夫さんの……叔父にあたる人だ」

●東京・練馬の稲荷神社（回想）　昭和19（１９４４）年
近隣住民による、ささやかな出征式典。

太一（Ｎａ）「母は当時7歳、淡い恋心を抱いていた敏彦さんを、戦地へと送り出した」

小島敏彦（15）に千羽鶴を渡す清子（7）。

敏彦「ありがとう、清ちゃん（しゃがんで）大きくなったら誰のお嫁さんになるんだっけ？」

赤面し母親の背中に隠れる清子。その反応に場が和《なご》む。

敏彦「（引き締めて）御国の為に、戦って来ます」

●三鷹の空き家・庭（回想戻り）
新也、汗を流しながら薪を割る。

太一（Ｎａ）「フィリピンの部隊に派兵された敏彦さん、その安否が分かったのは、終戦の翌年だった……」

●東京・墓地（回想）　昭和21（１９４６）年
慰霊碑の前で手を合わせる清子（9）。

声「清子ちゃんですか？」

田宮孝義（18）が立っている。

太一（Ｎａ）「同じ部隊にいたという兵隊さんが、敏彦さんからの預かり物といって、キレイな貝殻をくれたんだって」

堪えきれずに泣いてしまう清子。

●三鷹の空き家・居間（夜）

太一「その兵隊さん、母さんのこと気にかけて、毎年墓参りのついでに顔見せてくれたんだと。それが田宮孝義、俺の親父」

ひかり「やだ、素敵」

太一「素敵？　素敵かな」

敏夫「（改めて写真を見て）確かに似てるわ……ん？」

写真の裏に日付『Ｓ19・10・9』

敏夫「昭和19年10月だって、今9月だから……」

太一「一ヶ月後だね」

信子「まだ生きてるってこと？」

太一「……あ、そうか、そうだね」

ひかり「練馬だっけ、お母さんの実家」

太一「そうだけど、え、ちょっと待って、会いに行くの？」

信子「戦争行かなきゃ死なずに済むじゃん」

太一「国民総動員。行くなって言ってどうにかなるもんじゃない」

敏夫「それと、過去を変えちゃダメなんだ、知らない？　バック・トゥー・ザ・フューチャー」

太一「世代じゃないから」

敏夫「もし、敏彦おじさんが戦死してなかったら、君たちのおじいちゃんとおばあちゃんは出会ってない」

太一「そしたら父さん、この世に存在しなくなる、お前らも」

信子「あ、そりゃ困るわ」

●同・土間

割った薪を運び入れる新也。頼もしげに見守る清子。

太一（Ｎａ）「10月、新也くんが、忽然《こつぜん》と姿を消した」

●資料・新聞記事

10月20日の比・レイテ島上陸を伝える記事。

太一（Ｎａ）「フィリピン諸島、レイテ島に米軍が上陸し、日本軍は大きな損害を受け撤退……」

●三鷹の空き家・居間（日替わり）

信子「稔、ご飯だよ、おいで」

太一（Ｎａ）「11月、いよいよ食糧不足が深刻になり……」

食卓に薄いすいとん汁だけの昼食。会話もなく、ただ汁を啜《すす》る太一、ひかり、信子、敏夫。

清子は縁側で塞《ふさ》ぎ込んでいる。

稔「すいとんじゃねーか、ご飯なんかどこにあんの？」

ひかり「そんなこと言うんだったら食べなくていい！」

太一「母さんは食べて」

清子「……いらない」

声「御免！」

敏夫「太一くん隠れて！」

太一「え？（なんで？）」

●同・玄関

将校Ｃ、その背後に隣組の与田、広重も。

将校Ｃ「昨晩、配給所に泥棒が入った」

物置に隠れている太一。

太一（Ｎａ）「新也くんだ、直感的にそう思った」
将校Ｃ「その犯人と思《おぼ》しき男を、この周辺で見たという通報があった、何か知らないか？」
犯人（＝新也）の人相書きを見せられるが顔色を変えず、
敏夫「さあ……」
将校Ｃ「捜索しろ」
兵士数名が家の捜索を始める。
将校Ｃ「隣組にも参加せず、役場に届けも出してないそうだな」
敏夫「……書類を盗まれましてね、再度申請しております」
物置の格子のすき間から、兵士が歩く姿が見える。
太一「（……頼む、行ってくれ）」
将校Ｃ「（居間を覗《のぞ》き）子供は二人かね」
敏夫「三人ですが、一人は出ています、それと母です」
太一「（……行け、行ってくれ）」
将校Ｃ「もう一人、男の出入りがあったと聞いているが」
敏夫「……ああ、弟ですかね、たまに来るだけで、一緒に住んでいるわけじゃありませんよ」
突然、格子が開き、すき間から兵士が覗く。
完全に目が合う太一。
兵士「……」
太一「……」
兵士の目、感情も生気もなく頬がこけている。
将校Ｃの声「どうした！」
兵士「（格子を閉め）異常ありません！」
太一（Ｎａ）「なぜだ……なぜ私を助けた」
去って行く将校Ｃ、隣組の背中を見送る敏夫。
敏夫「ここも潮時《しおどき》か……」

●街道（日替わり）

太一（Ｎａ）「行方《ゆくえ》知れずの新也くんに書き置きを残し、我々は三鷹の家を出た」

リヤカーに清子を乗せ放浪する田宮家と敏夫。

信子「なに？　あの張り紙」

『パーマネントの御方は当町の通行をご遠慮下さい』

ひかり「パーマもダメだったのね」

敏夫「贅沢は敵の時代だからね」

清子「パーマ当ててる人が通ると、子供達が『パーマネントはやめましょう！』って囃《はや》し立てたのよ」

稔「（太一に）パーマネントはやめましょう！」

ひかり「パパのはくせっ毛（帽子を被り直す）」

清子「元気かしら、新也くん」

敏夫「（太一に）まだ考えてるの？─」

太一「……だっておかしいだろ、隠れてたんだぞ軒下に、一瞬だけど目も合った、なのに見ず知らずの……見ず知らずの？」

＊　＊　＊

ほんの一瞬、短いフラッシュ、兵士の生気の無い目。

＊　＊　＊

敏夫「上官に反感を持ってた」

太一「……」

敏夫「違うな、もっと漠然と、戦争そのものに嫌気がさした」

太一「……え？　いやいや、そこまで戦争を投げちゃった日本人がいるかな。片方で特攻隊が生まれようとしてる時代だよ」

敏夫「いるよ、うちの新也みたいなのが。どの時代だろうと、そのくらいのがいなきゃ、日本人ってのは、あんまり人が好《よ》すぎる─

稔「あ、見て（空を指差す）」
　戦闘機が飛んでいる。
敏夫「来たか、ついに」
太一（Ｎａ）「11月24日、１１１機のＢ29爆撃機がサイパン島から２２８０キロの距離を超えて飛来、本格的な空襲が始まった」
太一「そうか……昼間だったんだ」

●荻窪の空き家（日替わり）

太一（Ｎａ）「当初は軍需工場や飛行場が標的にされたが、命中率は低く、二次目標だった港湾部や東京市街地への絨毯《じゅうたん》爆撃が次第に増えた」

　空襲警報が鳴り、近隣住民が避難する。

主婦「田宮さん、空襲！　空襲ですよ！」

　太一が清子を背負い、稔と共に防空壕へ向かう。

太一（Ｎａ）「荻窪の空き家で昭和20年を迎えた我々は、あっけなく多くのものを受け入れた」

●点描・昭和19年～20年の出来事

　区役所窓口。敏夫、平然と偽の戸籍謄本を提出し国民登録を申請。緊張で顔が強張《こわば》る太一。

太一（Ｎａ）「まず、偽の戸籍謄本で国民登録を申請、これで食糧の配給を受けられる」

　銃器工場。トラックを運転する敏夫。

太一（Ｎａ）「すなわちそれは、軍需工場への徴用を受け入れることを意味する。敏夫さんは淀橋区の銃器工場へ」

　縫製工場でミシンを踏むひかり。

太一（Ｎａ）「ひかりは縫製工場で働きながら、隣組の防空演習へ」

　郵便局。モンペ姿で仕分け作業する信子。

太一（Ｎａ）「信子は女子挺身隊《ていしんたい》として向島《むこうじま》の郵便局で働いていた。私も鉄兜《てつかぶと》工場に徴用されたが、怪我しそうだという理由で免除」

　鉄兜工場。足手まといになっている太一。

太一「持てます！　一人で持てます！」

工場長「いいから！　田宮さん、お願いだから何もしないで」

太一（Ｎａ）「助かったというより、家長としての自尊心を踏みにじられた気がした。また敏夫さんに大きく水を開《あ》けられてしまった」

●防空壕

　膝を抱えている稔。太一がその横顔を見る。

太一（Ｎａ）「稔は口を利《き》かない子になっていた」

稔「……」

　手の甲に出来た瘡蓋《かさぶた》を掻《か》くので、

太一「掻くな」

清子「栄養状態が悪いから治りが遅いのね」

　爆撃機の飛行音がやけに近く聞こえる。

太一「心配ない、2月に荻窪で空襲があったって記録はないから」

清子「2月14日は信子休ませた方がいいよ、向島で大きいのがあるからね」

太一「16日だよ、俺の資料にはそう書いてあった」

清子「誕生日だから間違えようがない、日記にも書いてる、空襲で誕生日が台無しって」

太一「もうすぐだね、幾つになるんだっけ……（我に返る）」

清子「忘れちゃった」

太一（Ｎａ）「私はハッとした、これは有り得ない会話だ」

　壕の対面で、怪訝《けげん》そうな顔で見ている母子連れ。

母親「14日に、向島で……あるんですか？」

太一（Ｎａ）「そして突然鋭く自分の罪を感じた。

俺は何をしている」

●荻窪の空き家・屋根裏部屋

戦争の資料をノートに書き写す太一。

太一（Ｎａ）「当局に睨《にら》まれぬよう、この時代に溶け込み、日々を生きることに精一杯で、大切なことを忘れかけていた」

ＡＩでカラー化した空襲の写真をめくる。

太一（Ｎａ）「3月10日の大空襲を私は知っているのだ。それが2時間20分も続いたこと。下町一帯で10万人の死者が出たこと、上野公園に逃げた人は助かったこと。何もかも知ってるのに、ただ放置している。これは大きな罪だ」

太一「できる……何か、できるはずだ……」

●銃器工場の片隅（日替わり）

太一の話を聞き終えた敏夫。

太一「申し訳ない、職場までおしかけて、家だと話しづらくて」

敏夫「ここの方がよっぽどマズいよ（笑）。……で、どうやるの」

太一「流言飛語」

敏夫「……噂を流すってこと？」

太一「それしかないと思う、下町へ行ってさ、人混みでバラバラに流すんだ。3月10日に大空襲があります！　って」

敏夫「……真に受けるかな」

太一「……簡単にはいかない、けど当日になったら思い出すって。ノストラダムスの予言だってそうでしょ、信じちゃいなかったけど、その日はみんな、もしかしたら何か起こるかもって……」

敏夫「（空を見上げ）あ」

小型機が編隊を組んで飛んでいるところに、

他の戦闘機が突っ込んで行く。遠くで撃ち合いをしているようだ。

敏夫「今日って2月、16？」

太一「そう、あと3日で硫黄島決戦……あ」

小型機が一機、編隊を離れ、煙の筋を作り落ちていく。

●荻窪の空き家・太一とひかりの寝室

ロウソクの灯りで資料を読む太一。

ひかりが隣の布団へ入りながら、

ひかり「ああ、寒い、足が氷みたい」

太一、ロウソクの火を消す。暗闇。

ひかり「……聞いたよ」

太一「んん？」

ひかり「3月10日のこと」

太一「敏夫さんに？」

ひかり「ほかにいる？」

太一「いや」

ひかり「私には言ってくれないんだ、女房なんかに話してもしょうがないって思ってるんでしょ」

太一「そんなことはない」

ひかり「やるべきだと思う」

太一「……え？　なにを」

ひかり「だから3月10日、できる限りたくさんの人に避難してもらうの。そんなことしたって何も変わらないけど、一人か二人か、何十人か何百人か分かんないけど、救える命は救うべきだし、そういうことしなかったら、私たちがこんな時代に生きている意味がないと思う……そうだよ、もっと早くやるべきだった」

太一、懸命にマッチを擦《す》って火をつけようとしている。

ひかり「何してんの？」

太一「お前の顔が見たい」
次々にマッチを擦るが、湿気《しけ》てるのか火が点《つ》かない。
ひかり「……やだ、なに言ってるの」
太一「嬉しいんだよ、なんか……若い頃みたいだった今（火が点かず）くそ……なんかの映画観たあと、俺はこう思う、私はこう思うって……何喋ったか覚えてないけど、あの感じ、くそ、ああいうの、すっかりなくなって……子供のこと、親のことしか話さなくなって……俺は仕事、君はパートに生き甲斐を求めて……けど違う、本当は君に……誰よりも君に認めて欲しかった、昔みたいに……ああくそ！　配給の不良品めっ！」
ひかり「貸して」
マッチを擦り、一発で火を点けるひかり。
炎に照らされた顔をまじまじと見る太一。

太一（Na）「46歳の妻だった。そこにいたのは、頬が落ち、目はくぼんで、生活に疲れた脚本家の妻……ですらない、一人の、縫製工場の女工だった」
ひかり「なに？」
太一「そっち行っていいか？」
ひかり「やめてよ（マッチの火を消し、背を向ける）」
太一「……」
ひかり「……来てよ」
太一「……ひかりちゃん！」
感極まり、ひかりに抱きつく太一。
太一「明日、行こう、下町」

●浅草の路地（日替わり）
太一（Na）「3月10日、B29の標的は、隅田川を挟んだ旧四区、深川区、本所区、浅草区、日本橋区。このエリアだけで当時130万人が住んでいたという」
空襲警報が鳴り響く。続いて飛行機の轟音《ごうおん》。
太一（Na）「昭和20年の浅草は、荒れ果てていた」
走って逃げる通行人の中に、太一とひかり。

●防空壕

壕の中に7、8人の近隣住民、赤子を抱いた主婦が、
主婦A「ったく、やっと寝かしつけたのに。気が利かないよねえ、米国人もさあ」
主婦B「こないだ向島であったばかりだから、当分ないだろ」
太一「(すかさず) 3月10日だそうですよ」
主婦C「?? なにが」
太一「このあたり、次は、3月10日にあるそうです、すごいのが」
ひかり、他人のふりで話に加わる。
ひかり「本当ですか？　私も聞いたんです、3月10日、下町は大空襲って、でまかせですよね」
太一「どうやら本当らしいですよ」
主婦A「誰が言ってたのよ」
ひかり「みんな、みんな言ってますよ、そこらじゅうで」
主婦達、顔を見合わせ、諭《さと》すように、
主婦B「……ダメよあんた、そんなこと、憲兵に引っ張られちゃうよ」
主婦C「そうだよ、冗談でもダメ、怖い怖い」

●浅草、または日本橋の路地

太一「こんなやり方でも、やらないよりはマシだ」
ひかり「別々に広めましょう、少しでも数稼《かせ》がな

いと」
太一「大丈夫か？」
といら間もなく、婦人達の立ち話に加わるひかり。
ひかり「3月10日だって噂、本当ですか？　空襲」
太一も、通行人に声をかける。
太一「3月10日に下町で……」

●荻窪の空き家・居間（夜）

卓袱台《ちゃぶだい》の上に大量の藁半紙《わらばんし》が置いてある。
太一「藁半紙……」
敏夫「工場から拝借して来た、ビラを配ったらどうだろうと思って」
太一「やってくれるの⁉」
敏夫「もちろんだよ、方法が思いつかず数日考えてたんだ。４００枚ある。文言《もんごん》は作家先生にお任せするよ。みんなで手分けして書いて、ばら撒《ま》くんだ」
太一「占い師の予言っていうのは？」
敏夫「3月10日に大空襲がありますっていう、いいね」
太一「その占い師は、サイパン玉砕や硫黄島上陸の日もピタリと言い当てたんだ」
ひかり「誰がやるの？　その役、私はいやですよ」
敏夫「これから起こる事を当てた方が説得力あるんじゃない？」
太一「3月10日までの間に起こること、か……なるほど」
と、資料のページを繰る太一、信子が帰って来て。
信子「ただいまー」
敏夫「良いところへ来た、信ちゃんも、手伝って」

信子「は？　ごめん疲れてんだけど」

ひかり「3月10日の東京大空襲を予言するの！」

太一「稔も呼んでおいで、あいつも何かの役に立ちたいはずだ……3月、3月……は10日の大空襲しか書いてないな……あっ！」

急に閃《ひらめ》いて、這って行く太一、廊下で稔と鉢合わせ。

稔「なにやってんの？」

信子「（半ば呆れ）さあ」

敏夫「たいへんな偉業を成し遂げようとしてるんだよ、お父さんは、うまくいったらノーベル平和賞級の……」

太一「あったあった」と清子の日記を持って来る。

ひかり「お義母さんの日記……」

太一「つけてるんだよ、1日も欠かさず、3月2日晴れ、3月3日晴れ、3月4日、雪だって」

敏夫「天気か……いいね！」

ひかり「じゃあ占い師は……」

●下町、目抜き通り（日替わり）

リヤカーに筵《むしろ》を敷き、その上に座る清子扮《ふん》する占い師。

奇抜な着物を着て、サングラスをかけている。

太一「こちら二子玉の母と呼ばれし高名な易者で、サイパン玉砕、硫黄島上陸をピタリと言い当てた方。その御方が東京市民にとって重大な卦《け》をお立てになりました！」

傍《かたわ》らでビラを配るひかり。

●荻窪の空き家・居間（カットバック）

敏夫、信子が手書きで半紙に文言を書く。

太一（ＯＦＦ）「三月十日に、深川区、本所区、浅

草区、日本橋区を中心に大空襲があるでしょう」

●別の通り（日替わり）

より多くの聴衆が集まっている。

清子「（大袈裟《おおげさ》に体を震わせ）3月4日は雪！3月6日は雨！」

太一「どうです、もしお疑いの向きは、3月4日は雪！　3月6日は雨！という予報を、ご自身の目と耳でお確かめ下さい！　3月4日は雪ですよ、雪！」

●銃器工場・外（日替わり）

作業しながら、工員の噂話を聞く敏夫。

工員A「冷えるねえ、今年の冬は」

工員B「雪でも降ったらえらいこった、予言的中ってわけだ」

敏夫「⁉」

工員C「例の3月10日の大空襲か、どっかのバカが騒いでるってな」

工員B「二子玉のバカだろ？　おーやだやだ」

敏夫、効果を目の当《ま》たりにして嬉しくなり、話に加わる。

敏夫「上野公園が安全らしいですよ、逃げるなら」

工員達、驚いて顔を見合わせる。

敏夫「3月10日でしょ？」

工員C「……あんたも、そのくちかい？」

敏夫「その、くち？」

工員C「顔に似合わず、そんな噂信じるのかい」

工員A「おーやだやだ、世も末だぜ」

敏夫「（去って行く背中に）雪が降ったら逃げた方がいいですよ」

●荻窪の空き家・居間（日替わり）

窓の外、雪が降っている。

太一「見ろよ！　雪だよ雪！　ほら、母さんの言う通りだ！」

清子「……」

太一「なんだよ、まだ新也くんのこと考えてるの？」

工場を休んだ敏夫、信子、ひかり、太一がビラ書き。

稔は奥の間で、窓の外を見ている。

敏夫「占いなんか信じないって人も確かにいる、けど、占いだから信じる、占いにでもすがるしかないって人の方が多いよ」

太一「こんな戦争やってりゃ誰だってヤケになるさ」

ひかり「稔、あんたも手伝いなさい、少しは」

稔「そんなことしたってムダだろ？　アメリカが空襲を止めない限り人は死ぬんだから」

ひかり「何てこと言うの！（立ち上がろうとして）……あ、いたた」

敏夫「奥さん？」

うずくまって動けないひかり。

太一「ママ、どしたの？　ぎっくり腰？」

信子「隣組の防空演習でしごかれたのよ、熱度が足りないって」

太一「ねつど？」

信子「（堰《せき》を切ったように）お父さんもさあ！　効果のないことやって、ひとりで良い気持ちになってないで、防空演習とか炊き出しとか、ちょっとは代わってあげなよ！」

ひかり「（痛みに耐えながら）信ちゃんやめて……」

信子「もう沢山！　こんな戦争こんな戦争って、

愚痴ばっか言って」

立ち上がり、奥へ引っ込み、襖《ふすま》をピシャリと閉める信子。

太一「こんな戦争なんだよ！　信子！（と追う）どんな戦争だってなあ、人が人を殺していい理由にはならないんだ絶対！　それでなくても……人は死んじゃうんだから」

ひかり「大きい声出さないで……響く……」

敏夫「奥さん、横になりましょう」

襖の前に立つ太一。信子の泣き声。意を決し襖を開けると、突っ伏して泣く信子の傍で、稔が鋭く睨んでいる。

太一「（その敵意に一瞬気圧《けお》されるが）……信子、お父さんは良い気持ちなってないし、効果はある、絶対にだ！　いいか、こんな戦争で死ぬなんて、馬鹿げてる！」

と言い切り、襖を閉め、藁半紙の束を抱え出て行く太一。

●下町の目抜き通り（日替わり・雨）

一人でビラを配る太一。雨で文字はかき消され……。

太一（Ｎａ）「3月5日、6日、7日、8日、私はひとり下町へ通い、頑《かたく》なにビラを配り続けた。家に帰ると妻は寝たきり、母は塞《ふさ》ぎ込み、娘は口をきかず、倅《せがれ》は無表情。敏夫さんは家計を支えるために工場へ……」

●荻窪の空き家・居間（夜）

太一（Ｎａ）「私だけが道楽者で、家族を泣かせている気がした」

妻、母、信子、稔、敏夫が背を向け横になる、その中央で、わびしく鍋に残ったお粥をすする太一。

●下町（日替わり）

行き交う人々の疲弊しきった顔を呆然と見送る太一。

太一「……あ」

人混みの中、作業服の敏夫が立っている。

敏夫「最後の一日くらい、付き合おうと思って」

太一「……」

敏夫「日付は3月10日だが午前0時過ぎ、つまり9日の夜、今夜だ」

太一「（涙が出るほど嬉しいが）……だけど、もうビラが（ない）」

敏夫「だったら叫ぼうか」

太一「なにを」

敏夫「今夜は大空襲ですよお！　って、大声で怒鳴るんだ」

太一「そんなことで……」

敏夫「効果はない、けど、気持ちいいでしょ（笑）」

太一「……殴られるかもしれないよ」

敏夫「その点は大丈夫、溶け込むの、得意だから」

太一「（笑）エキストラだもんね」

敏夫「（突然大声で）今夜は大空襲ですよお！」

太一「おい！」

敏夫「逃げろ！」

走り出す敏夫、続く太一。

太一（Ｎａ）「怒鳴ったらすぐ逃げる、そして人の多い所でまた怒鳴る」

太一「今夜、下町で大空襲がありまーす！」

敏夫「下町から逃げてくださーい！」

太一（Ｎａ）「逃げては怒鳴る、怒鳴っては逃げるを繰り返した」

駅員「お前らか！　ヘンな噂流してんのは！（殴

る）」

太一「（辺りを見渡し）……敏夫さん？　敏夫さん？」

太一（Ｎａ）「敏夫さんは、本当に雲隠れが上手だった」

＊　＊　＊

太一だけが満身創痍《まんしんそうい》、顔中あざだらけ。

太一「浅草、深川、日本橋の皆さん、上野へ逃げましょう！」

太一（Ｎａ）「こんな事でも繰り返してれば人々の頭に残る」

敏夫「今夜、大空襲！」

太一（Ｎａ）「そして大空襲が本当に来る、10日がダメでも18日の浅草、30日の深川、31日の四谷、そのたびに怒鳴れば、予言が当たれば噂になる、数百人、数千人の命だって救える……効果がないとは言わせない」

遠くから睨んでいる警防団の男の視線に気づき、

敏夫「逃げよう、太一くん」

太一「……」

ツカツカと近づいて来る警防団、その顔に見覚えが……

敏夫「太一くんっ！」

無理やり腕を引っ張り、路地に引きずり込む敏夫。

●近くの路地

敏夫「太一くんどうした」

太一「（興奮状態）今の警防団……どこかで会った気がする！」

敏夫「え？」

太一「……あ、あ、あ、あ、思い出した！」

敏夫「なに、なに、なになに」

＊　＊　＊

フラッシュ（回想）三鷹の空き家。
軒下を覗き込んだ兵士の生気の無い目、警防団と瓜二つ。

＊　＊　＊

太一「あ、あ、待って待って待って」

＊　＊　＊

フラッシュ（回想）二子玉の家（夜）。
懐中電灯に照らされた将校Bの血走った目つき。兵士、警防団と瓜二つ。

将校B「撃てえっ！　撃てえっ！」

＊　＊　＊

太一「うわうわうわうわうわ！」
敏夫「どうした太一くん、殴られ過ぎてどうかしちゃったの？」
太一「（我に返り）本当だよ、なんで俺ばっかり……」
敏夫「……すまん」
太一「……じゃなくて！　ずっと考えてたんだよ、この逆行、戦時中の世界に引き戻されてからずっと、これが夢だったり……錯覚だったり……ドッキリだったら、どんなにいいかって」
敏夫「うん」
太一「敏夫さんも考えただろ、でも、残酷なまでに現実、どうにもこうにも昭和20年……けどさっきの警防団、将校、兵士」
それぞれフラッシュ（あるいは分割画面）。
太一「同じ顔！　ぜんぶ同じヤツがやってる！　そんなの有り得ないじゃない。芝居じゃないんだから、つまり、やっぱりこれはさ、現実じゃないかもしれない……よ？　っていう。敏夫さんもさあ、誰か探してみたら？」
敏夫「うん、うん（心配して頷き）そろそろ帰ろうか」

太一「いや……もっとやろう、日本橋のほうも行こう！」

太一（Ｎａ）「日本橋、深川、本所を回り、夜になって家に帰ると……」

●荻窪の空き家・居間

敏夫「……新也」

坊主頭の新也、背筋を伸ばして正座している。痩せて頬がこけ、国防服は体より大きい。傍らにもう一人の軍人、瀬尾という表情のない男。

新也「しばらくです」

敏夫「しばらくです、じゃないよ……お前……バカ野郎」

太一「敏夫さん……」

敏夫「黙って出てくし、こっちは引っ越すし（涙声に）……探したんだぞバカ、三鷹の家にも何度も行ってさ、書き置きも……読んだかどうか知らないけど……もう死んだかと思って……バカ野郎」

太一「座りましょうか、敏夫さん」

「ああ」と正面に座る敏夫。新也の顔つき、瀬尾の存在に違和感を抱きつつ、

太一「母さんは？」

ひかり「奥で休んでます」

敏夫「どこ行ってたんだよぉ！」

ひかり「下町の工場だって」

新也「ピアノ工場だった場所で、飛行機の翼を作っております」

ひかり「まあ……よくまあそんな仕事に……」

新也「孤児だと言ったら採用してくれました」

敏夫「孤児って……俺、いないことになってる（苦笑）」

ひかり「郵便局で信子に会ったんだって」

そっぽを向いて座っている信子。
敏夫「……なんか、お前……変わったなあ」
新也「はい、ずっといいです」
敏夫「今いるところがか？　……そうか」
新也「みんな、御国の為に死ぬ気で働いてますよ」
一同、反応に困る。
新也「誰ひとり、日本が負けるなんて思っている者はいません」
敏夫「そ、そりゃまあ……そうだっただろうよ、8月までは……」
太一「敏夫さん（と瀬尾を気にして）」
新也「イジメもないし、ニートなんて言葉もない、腰の決まらない教師もいません、みんな本気で、日本のために死ぬ気です」
瀬尾「小島くんは優秀です、1月2月も月間増産表彰を受けました」
新也「誰にも負けません。工場では体力が全て、学校の勉強なんか何の役にも立たないことも分かったし、強い者が認められ、理屈こねる軟弱者はぶん殴られる、多様性なんかクソ食らえで、気持ちいいです」
敏夫「……そうか。随分その（言葉を選び）……立派な工場なんだな」
新也「ええ、御国のために働いてます」
敏夫「……あれだね、若者は影響を受けやすいから（笑）」
新也「なにも可笑《おか》しくありませんよ」
敏夫「……すまん、だけど8月には……」
ひかり「敏夫さん！」
新也「瀬尾さんなら大丈夫ですよ」
ひかり「え？」
新也「彼もあの日、2024年から来たんです」
一同「……」

瀬尾「（初めて表情を崩し）サバゲーから入ったミリタリー系YouTuberです。『特殊部隊に入隊してみた』って動画が超バズりました。けどドローンとかAIとか、最近の戦闘って肉感が足りないってかリアリティに欠けるんですよね。この時代はガチなんで、自分的には願ったり叶ったりであります」

太一「（唖然《あぜん》）……待て待て待て、理解が追いつかない。なんだって？　こんな目に遭《あ》ってるのが俺たちだけじゃないってのは、まあ、分かる。けど、なんだ、その染まり方は！　疑問はないのか？」

新也「おじさんは相変わらずつまらないことやってるそうですね」

太一「なに？」

新也「信子ちゃんに聞きました。国が滅びるかって瀬戸際に、真剣に戦わない人間など、たとえ親でも断じて許せませんね！」

軍人然とした態度で、拳で卓袱台を叩く新也。

敏夫「……新也、おまえ、どうしちゃったんだよ」

新也「どうしちゃったとは何ですか！　お父さんこそ何をしてるんだ、工場休んで、こんな戦争で死ぬことはないってふれ回って、恥を知りなさい恥を！」

敏夫「……新也」

太一「こんな戦争なんだよ！　今年の秋には全日本人が、こんな戦争間違いだったって、一斉に思うんだ」

信子「それは過去の話でしょ？」

太一「……なんだって？　信子、どういう意味だ」

信子「私たち、昔話の世界の住人じゃない、今この時代を生きてる」

太一「負けるんだよ、日本は負けたんだ」
瀬尾「それを引っ繰り返すんですよ」
太一「お前ら……正気か？」
瀬尾「僕や新也くんがこの時代に来たのは歴史を変えるためなんです。戦争なんて勝った方が正義でしょ。負けたから日本は80年間アメリカの言いなりなんでしょ。変えましょうよ、勝ちゃあいいんでしょ勝ちゃあ！」
太一「……（憔悴《しょうすい》）誰か……代わってくれ」
　騒ぎを聞きつけ現れた清子が、
清子「敏彦さん……」
太一「母さん、何とか言ってやってよコイツらに、戦争ってもんがいかに……敏彦さん？」
清子「まあ、敏彦さん、よくぞご無事で、まあ」
敏夫「敏彦は私の叔父ですよ、こいつは新也」
ひかり「……こんな時になんですけど、お義母さん、ちょっと……進行しちゃったみたいで」
　キラキラと瞳を輝かせ新也を見る清子。
ひかり「時々、自分の歳が、分からなくなってしまうみたいで」
清子「ねえ、母さん、敏彦さんが帰って来たよ、死んでなかったよ」
ひかり「私のことを、お母さんだと思ってるみたいなの」
　清子、ひかりの背中に隠れて頬を赤らめモジモジ。
太一「ええ⁉　おいおい、こんな時に……母さん、しっかりしてよ、敏彦さんは戦争で死んだんだよ」
清子「生きてるもん、帰って来たもん」
信子「清子さん、なん年生まれ？」
清子「昭和11年2月14日」
信子「今、何歳？」
清子「9歳」

信子「……合ってる」
太一「合ってない！　9歳じゃないでしょ、どう見ても、89歳！　ひかりが母親なら、俺はアンタのなに？」
清子「息子でしょ？」
太一「そこはボケないのか。ったく、どいつもこいつも」
信子「お父さんはどうなの？」
太一「……どうって？　なにが？」
信子「国を守るために、喜んで死んで行く人々をお父さんは嗤《わら》うの？　つまらない戦争のために命を投げ出したバカだって笑えるの？」
太一「……笑いはしないよ」
信子「だったら働きなよ、国の為に。情けない、工場の仕事すら務まらないくせに。米軍はどんどん日本人を殺してる、無差別に爆弾落としてお年寄りだろうと赤ちゃんだろうと、お構いなしに殺してる、これ今、目の前で起きてることと！　私たちの現実！　わかる？　脚本家なんか、誰も必要としてないの！」
太一「……なんだとぉ？」
新也「目障《めざわ》りなんですよ。何もかも分かったような顔して、どうせ負ける、こんな戦争は間違いだって、戦いもしない。日本人を殺してる敵を憎いと思わないのか！　一体どういう神経してるんだ、いい大人が、工場休んで、ふらふら、ほっつき歩いて」
敏夫「なんてこと言うんだ！」
ついに新也に殴りかかる敏夫。しかし簡単にその腕を摑まれ、捻《ねじ》られ、痛みにうずくまる。
新也「みっともないよ、お父さん」
太一「……違う違う、新也くん、君ら正気を失ってるよ、信子も、気持ち良くなってるのは、お前らの方じゃないか！」

障子が開く、稔が泣いている。
稔「僕だって戦いたい！」
太一「……稔、お前までそんなこと……」
手にした教科書やノートを投げつけながら、
稔「やなんだ！　家に閉じこもって、戦争の悪口ばっか聞かされて、けどラジオや新聞は逆のこと言ってる。本当にやだ、うんざり！　僕だってみんなと一緒に戦いたい、こんな世の中でいいわけないいんだ！　やられっぱなしでいいわけないんだ！」
ひかり「やめて！　……静かにして」
サイレンが鳴っている。
敏夫「……空襲警報」
太一「そんなはずない、大空襲は夜中の12時……荻窪が、今日、やられるなんて記録は……どこにもなかった」
新也「退避！　みんな靴を履いて、急いで外に出て下さい！」
太一「立てるか？」
ひかりに手を差しのべ立たせる太一。空からプロペラ機の轟音。新也は清子を背負い、
新也「（瀬尾に）灯りを消しましょう！」
瀬尾「退避！　退避！」
信子、ひかり、敏夫が外へ出る、稔は奥の部屋へ、
太一「なにしてんだ稔！　行くぞ！」
稔「メンコ」
瀬尾「そんなもの、いいから！」
稔「よくない！」

●荻窪の空き家・前（夜）

逃げ遅れた太一と稔が外へ飛び出す。
稔「ママ⁉　ママどこ⁉」
太一「……」

●大空襲の資料映像

太一（Ｎａ）「こんな凄まじい攻撃、甚大な被害が、資料に全く載っていないなんて……数時間後の大空襲の恐ろしさを思わずにはいられなかった」

●道（夜）

呆然と立ち尽くす太一と稔。行き交う人々を目で追い、

稔「今夜、大空襲」

太一「……稔」

稔「下町で大空襲があります」

行き交う人の、憐れむような、困ったような顔。

稔「下町で、大空襲！」

太一「浅草、深川、本所、日本橋で、大空襲があります！」

太一（Ｎａ）「誰も取り合ってはくれなかった。不審なものでも見るように立ち止まり、それが結局、ただの石ころだった事を、ほとんど感情が波立つこともなく知覚して去って行く」

太一「浅草、深川、本所、日本橋で、大空襲」

稔「大空襲」

太一「ありがとう、稔……ごめんな……」

稔「パパのせいじゃないよ」

太一「……」

太一（Ｎａ）「……その時、私は何者かの視線を感じた……」

路地から刺すような目で見守る憲兵。

太一（Ｎａ）「それは、これまでこの世界でさんざん見て来た、アイツの目だ……」

＊　＊　＊

二子玉の家を燃やした将校。

物置に隠れている太一を見逃した兵士。

太一を追いかける警防団。

三人とも同じ顔、同じ目つき……。

＊　＊　＊

太一（Ｎａ）「極限状態の中で、私はその正体を、ついに掴んだ……私を、家族を、友達を、こんな目に遇わせた張本人……」

歩いて来る憲兵。目を伏せ、通り過ぎる。

すれ違った太一、確信し、振り返り、その背中に、
太一「寺本！」

遠ざかる憲兵の背中。

太一「待て！　寺本！　お前、プロデューサーの寺本だろう！」

追いかける太一、逃げる憲兵、ついにその肩を掴み。

太一「なぜ逃げるんだ寺本！」

と振り向かせる。が、その顔は全くの別人で、
太一「………」

閃光が走り、少しの静寂に続いて、爆発音。

地面が大きく揺れ、太一の身体は宙空に投げ出される。

一瞬のストップモーション。

死を覚悟する太一。

ゆっくりと落ち始める肢体。

ブラックアウト。

●瓦礫の街

太一のスマホに光りが灯る。

インスタの通知音。

はじめはポン、ポン、と断続的に、次第にポポポポン……と加速する。

太一「……」

目を覚ます太一。うつ伏せで、頬を地面に押

しつけている。体を動かそうとするが、

太一「……痛い痛い痛い」

うまく動かせない。太陽が高い。昼だ。

目の焦点が次第に合ってくる。

目の前に黒い物体。目を凝らし、凝視する。

太一「……⁉」

死体だ。焼死体がこちらを見ている。

再び体を起こそうと身じろぎして、

太一「……痛いっ」

右手で左腕を触って驚愕。左の腕から下が、

ない……。

太一「……あああああああああ」

そこは瓦礫《がれき》に囲まれた場所。

大爆発の後、煙が上がっている。

右腕の力だけで半身を起こし、

太一「……みのる……どこ……だ、みのる」

スマホが落ちている。右手で触ると、寺本の

インスタが連続で更新されている。

『#こんな時だから』

太一「……」

『#ビンテージワイン、空けちゃううぇい』

『#ワインセラー最後の1本ぴえん』

『#誰か飲みにこない？』

『#地下シェルター快適』

『#こんな時だから』

『#楽しもううぇい』

『#こんな時だからこそ』

『#誰かどっかで飲んでない？』

太一「…どんな時だよ、こんな時って（顔を上げ）……え？」

昭和20年には有り得ない、新宿のビル群が見える。

太一「……え？（振り返り）え⁉」

東の方向、スカイツリーが真ん中あたりで折

れている。
辛うじて立っている東京タワー。
太一「……これ……いつ？　どこ？」
瓦礫の下敷きになっている子供の手。何かを
握っている。
太一「……」
戦車のメンコが握られている。稔の手。
太一「……（声にならない慟哭《どうこく》）」
スマホ画面『#インスタライブ、はじめま～
す』
近くで「うぅ……」という、微かなうめき声。
声の出処を探す太一。
黒焦げの男、仰向けに横たわり、わずかに動
いている。
太一「……大丈夫ですか！」
傍まで這って行き覗き込む、まだ息がある。
男「……はぁ……はぁ……み」
太一「み？」
男「……ず」
太一「あ、水ですね」
水筒の蓋を片手で捻《ひね》り、わずかな水をその口
へ滴《したた》らす。
男「……はぁ……はぁ……」
太一「あの、すいません……今、何年ですか？」
男「……はぁ……はぁ……」
太一「昭和なん年ですか？　20年ですか？　8月
ですか？」
男「……」
太一「１９４５年ですか？　それとも……」
男「……に、せん」
太一「にせん？」
男「……に、じゅう」
太一「にせん、にじゅう……ウソだろ？」
男、そのまま息絶える。

太一「……なんだよ……じゃあ、これ（目の前の光景に）なんなんだよ」

遠くに放置されたスマホ、寺本のインスタライブ始まる。

寺本の声「みなさん！　お元気ですかぁ？　寺本っちゃんでーす」

太一、呆然と腰を落とし、瓦礫に体を預ける。

寺本の声「なんかね、ミサイルやら、なんやかんやで、外は大変なことになってますけど、こういう時こそ、こんな時だからこそ！　いつも通りアゲアゲでやっちゃいます！　コメントはぁ～……来てないか、さすがに。生きてる人！　＃世界平和でコメントよろしく！」

遠く、蜃気楼《しんきろう》の中に動く人影。

兵士が少女を背負って走っている。

太一「……」

兵士は新也なのか、敏彦なのか……。

太一「……母さん」

少女は幼い頃の清子、嬉しそうに笑っている。

END

終りに見た街

山田太一

〔シナリオ〕

終りに見た街　山田太一（原作・脚本）

テレビ朝日　終戦特別企画
1982年（昭和57年）8月16日放送
制作著作　テレビ朝日

［スタッフ］
プロデューサー　千野榮彦
岩永　恵
演出　田中利一
主題歌　ヴィヴァルディ「四季　春」

［登場人物］

清水要治　細川俊之
清水紀子　中村晃子
清水信子（中学二年）　菊地優子
清水稔（小学五年）　山越正樹
宮島敏夫　なべおさみ
宮島新也（高校一年）　酒井晴人

上野勇（出征兵士）　吉田次昭
中年の国防服の男　高杉哲平
国防服の男Ａ　石橋雅史
将校　蟹江敬三
納屋の老人　北見治一
豪農の主人　ハナ肇
隣組組長　鈴木清順
防空防火訓練群長　樹木希林
ある農家の主婦　野村昭子
六十代の男　浜村純
防空団の団員Ａ　谷津勲
防空団の団員Ｂ　中村武己
三十代の男　堀勝之佑

［註］作中の［＊＊＊］は放送時のＣＭの箇所です。
民放の場合、作品はＣＭが入ることを前提として書かざるを得ないので、
ＣＭを一種の効果として構成しております。
頭のすみに、そのことをお入れいただければ幸いです。

——山田太一

●メイン・タイトル

浅草の繁華街の現実音、先行して――。

●浅草（夕方）

雷門。仲見世。観音さま。

要治の声「これからお話する途方もない出来事が起る三日前、私は夕方久し振りで浅草へ出掛けた」

要治、人込みを歩いている。

要治の声「浅草は私の故郷である。もっとも、私が住んでいたのは、小さい頃で」

●昭和十年代の浅草の写真

要治の声「戦争前と戦争中の浅草だ。その頃一番仲が良かった友達は」

●敏夫の小学生の頃の写真

要治の声「敏夫さんといった。長いこと何処《どこ》にいるか分らなかった」

●結婚式場・廊下

色直しに行く花嫁が、仲人夫人や係と通りすぎて行く。

廊下の一画に椅子とテーブルと灰皿があり、要治がそこに腰掛けている。

要治の声「ところが突然電話があって、浅草の結婚式場のマネージャーをやっているというのだ。逢おうということになった。三十数年ぶりだった。あとで思えば、それもひとつの前兆だったような気がするのだが（要治、顔を一方へ向ける）」

敏夫「（黒いスーツ、蝶タイ、白手袋で一組の結婚式をあげる人々をひき連れて来て、人々の方へふりかえり）えー、ちょっとこちらで御説明させていただきます」

要治「――（敏夫を見つめている。興奮がある）」

敏夫「ただいまより、謹《つつし》んで式場へ御案内申上げます。式場に入りますと（御新郎御新婦様、御仲人様御夫妻の御席はそのまま真直《まっす》ぐ、と席の説明などをしているが、声小さくなって）」

要治の声「敏夫さんだった」

●敏夫の小学生の頃の写真

要治の声「随分かわっているといえば、かわっているが」

●結婚式場・廊下

敏夫「（説明している）」

要治の声「一目で分った。あの敏夫さんが結婚式場のマネージャーとは」

要治「――（敏夫を見ている）」

敏夫「えー、あと二分ほど、準備がございますので、こちらでこのままお待ちいただきたいと思います。少々お待ち下さいませ（とここまでまったく要治の存在に気づかぬように、プロに徹してキチリとやり通し、一礼してツカツカと要治の前へ来て）しばらく（と低く、しかし万感の思いをこめて手を出す）」

要治「ああ。しばらく、ほんとに（と強く握手する）」
敏夫「すぐ分ったよう」
要治「ああ、ぼくもだ」
敏夫「（あくまで人々に目立たぬようにおさえながら）いや、大安なのに、急に若いのが二人してやめちゃってね」
要治「そう」
敏夫「悪いね、呼んどいて」
要治「いいんだよ。待ってます」
敏夫「ああ。すんません（と小声で抑制して一礼し、パッとはなれ腕時計を見ながら）えー、お待たせいたしました。御案内申上げます（と律義に一礼）」

●要治の小学生の頃の写真

要治の声「私が小学校三年、敏夫さんが四年の時に別れたきりだった」

●ニュース・フィルム

強制疎開でとりこわされる家。
要治の声「政府は、空襲を前にして、東京の所々に空地をつくろうとしたのである。類焼を防ぐためと避難の場所をつくるためにだ。私の家も敏夫さんの家も、当時の政府の手によってとりこわされ、空襲のはじまる前に、それぞれ別の土地を見つけて浅草を離れなければならなかった」

●呑み屋の表（夜）

中から戸があいて、財布をしまいながら敏夫、酔っぱらって出て来て、
敏夫「ケチなことというなよ」
要治「（これも酔っていて）いや、いけないよ。

そんな、何度もあんたばっかり払って（と一万円札を敏夫に押しつけて）とってよ、とってよ、ねえ」

敏夫「呼んだのは俺だよ。恥かかすなよ（尚なにかいって、要治とじゃれながら行く）」

要治の声「その晩はよくのんだ。楽しかった。三十数年逢わなかったのに、何故こんなにうちとけられるのかと不思議な気がしたくらいだった。それも、これから起る出来事のために、神様かなにかが、あらかじめ仕組んだことなのかもしれなかった。

二人、肩を組んで楽し気に歌ってはしゃいで――。

●清水家・表（朝）

クレジット・タイトル。

「行って来ます」という声がして小学校五年生の稔が玄関をあけ、とび出して来る。

紀子の声「稔！」

稔「（門の扉をあけていて）ぅん？」

紀子「（はじめ声で）給食の袋（庭に面した居間のガラス戸をあけて）また忘れてる！（と給食袋を振る）」

稔「（玄関脇のしおり戸をあけて庭へ入り、母から袋をとる）」

紀子「（稔の動きの間に）目の前置いといたってって忘れちゃうんだから、頭どうかしてんじゃないの！」

レオ「（柴犬。つながれたまま、稔や紀子の方へ前足をあげてじゃれようとする）」

稔「うるさいなあ、朝から（とふっとんで学校へ）」

紀子「うるさくいわせるのは誰なのッ！」

●居間とダイニングキッチン

要治「(寝室の方からパジャマで) みっともないじゃないか、大きな声で (と二日酔気味で現われる)」

紀子「だって、洗濯して目の前へ置いてるのよ (とダイニング・テーブルへ行き) ここへ置いて、行って来ますっていうから見ると、忘れてるんだもの。呆れちゃうわよ (と調理台の方へ行き) ほんとにボーッとしてるんだから (と水仕事)」

信子「(そのダイニング・テーブルで、ウォークマンをかけたまま新聞のテレビ欄を見ている)」

要治「(椅子をひきながら) なんだ?　学校ないのか?」

信子「うん?」

紀子「聞えないのよ?　朝からロックばっかり聞いてて」

信子「聞えてるわ。(要治へ) 午前中、先生のなんかなの」

要治「なんかって?」

信子「知らないけど、とにかく授業は午後から (とテレビ欄を見ながら、コーヒーをのむ)」

これらを一種の風景として、クレジット・タイトル、続く。

●住宅地の道

柴犬レオにひっぱられて、走る要治。

クレジット・タイトル。

要治の声「私は、テレビドラマの脚本を書く人間になっていた。こうやって眠気ざましに住宅地を犬と三十分ほど走り」

●仕事部屋

仕事をしている要治。

要治の声「あとは、一日部屋にこもって、書いたりごろごろしたりジタバタしたりしている毎日だった」

●居間

紀子、ひとりでジャズダンス。

要治の声「家内は娘の頃ＳＫＤで踊っていたことがあり、この頃はそれを思い出して踊り出すので、安普請《やすぶしん》は毎日グラグラとゆれた」

●ダイニング（夜）

夕食をとる要治、紀子、信子、稔。

要治の声「中学二年の娘、小学校五年の息子と四人家族で、なんとか人並に暮していたのであったが」

クレジット・タイトル、終りかけて――

四、五軒はなれた位置からサイレンが聞えはじめる。

四秒刻みである。

要治「（ギクリと顔をあげる）」

紀子「――」

信子「――」

稔「――あ？」

要治「なんだ、これ」

紀子「どこ？」

信子「やだ」

要治「はた迷惑な――」

稔「うるせぇ――」

紀子「だって、サイレン鳴らすような家ないじゃない」

信子「いたずらよ、誰かの」

要治「こんな夜、まったく（と立つ）」
稔「事故だよ、なんか（と立つ）」
要治「（居間の庭に面したガラス戸をあける）」
ピタリと音がない。
稔「あれェ（と要治の横から庭へ顔を出す）」
要治「（内心不安な気持で苦笑し）サイレンて、こんな、ピタッと終れるか？（と紀子を見る）」
紀子「ほんと——なんなの？（やだわ、と不安にいう）」
稔「シーン（と庭を見回す）」
要治「——（見回す）」
要治の声「静かな外を見ながら、いまのサイレンは戦争中の空襲警報のサイレンのようだったと思った。それが前兆であった」

●樹々（朝）

鳥の声——。

●居間と寝室の間の廊下（朝）

早朝である。ガウンをパジャマの上に着た紀子が、居間から現われ、壁につかまるようにして、ショックに耐えている。鳥の声。静かである。
紀子「——（寝室へよろけるように行き、ドアをあける）」

●寝室

紀子「（あけたドアにつかまるようにして、ちょっと息ふるえてまだ眠っている要治を見る）」
要治「（ベッドで眠っている）」
紀子「（ベッドへ行き、しゃがみこみ、ふるえて、要治の肩のあたりをつかみ）パパ、パパ（ゆする）」
要治「う？」

紀子「起きて、パパ（と声ふるえる）」
要治「（その声になにかを感じ、紀子の方へ目を向け）どうした。痛いよ（と紀子がつかんでいる肩に手をやる）」
紀子「（手をはなし）私――どうかしちゃった」
要治「どうかって――」
紀子「――（額に手をやってくずれる）」
要治「気持わるいのか？」
紀子「（ううん）」
要治「どうした？」
紀子「外に――」
要治「外？」
紀子「外になにもないの」
要治「なにもって？」
紀子「雨戸をあけたらね」
要治「うん」
紀子「なにもないのよ」
要治「泥棒か？」
紀子「そうじゃないのよ。どうかしてるのよ、私」
要治「どうかって（と身体を起す）」
紀子「森なのよ。どう見ても外が森なの（と激しくいう）」
要治「森？」
紀子「そうなの。外が全部森なのよ（と泣きたいような気持だ）」
要治「熱は？」
紀子「あるでしょう、きっと（とへたりこみ）起きてるわよね、私。あなたも、起きてるわよね」
要治「無論起きてる」
紀子「どうしても、森にしか見えないのよ」
要治「疲れたんだ。横になれ。葬式二つ続いたしさ」

紀子「見てみて（と幼児のようになり）表を見てみて（とベッドへ横になる）」
要治「頭痛いか？」
紀子「ううん」
要治「眠れたら眠るといいな。睡眠薬、あったかな」
納子「表を、見て」
要治「分った。目をつぶるんだ。薬箱見て来る」
紀子「（カッとなり）薬じゃなくて、表を見てッ」
要治「分った。分ったよ」

●廊下

要治、急ぎ居間へ。

●居間

要治、急ぎテレビの下のひらきへ行き、薬箱をあけて、薬をさがしかけて、手を止め、庭に面したガラス戸を見る。

カーテンは半びらき、雨戸が三分の二ほどあけられて、ガラス戸もあいたままである。

要治「（目を戻し、医者のくれる薬の紙袋の三つほどの一つをとり、立上る。なにか予感が走る。ゆっくり、ガラス戸へ行き、外を見る。静かなショック。頭をゲンコで叩いてみる。そして、息ふるえて、庭へ）」

●庭

要治、サンダルをはき、落着こうとしながら、しかし、信じられない光景に、激しく周囲を見てしまう。

門の外は森である。雑木林だ。隣の家のあったところも、道路のあったところもびっしりと雑木林なのである。

要治の声「道路がなかった。道路どころか」

●現代の住宅地の家

要治の声「隣の浜野さんも、こっち隣の飯田さんの家も」

●庭

呆然《ぼうぜん》と立っている要治。

要治の声「お向いの谷さんも、坂本さんも、その裏の大崎さんの赤い屋根も、すべて消え失せて、深い雑木林だった」

●稔の部屋

着替えた要治が、眠っている稔をゆり動かす。

要治「稔——稔」

稔「う（と目をあこうとする）」

紀子「（部屋の外の廊下へ現われ）いいから、ちょっと（と来た方向へいく。着替えて緊張している）」

信子「（パジャマで）なに？（といら立たしく聞きながら現われる）」

要治「いいから、入れ（と信子にいう）」

稔「（眠そうに、しかしいつもと様子がちがうことは感じて）どうしたの？」

要治「とにかく、ママとここにいるんだ」

稔「何時？」

要治「（六時四十二分の目覚しインサートされながら）着替えて、この部屋を出るんじゃない」

信子「強盗かなにか？」

紀子「そうじゃないの」

要治「そうじゃないが、カーテンをあけちゃいかん。パパが様子を見て来るまで、この部屋を三人とも動くんじゃないぞ」

●門

腰の低い鉄の門である。それを要治、あけようとするが、雑木林がびっしりあってあかない。要治、それをよじのぼって林へ出る。そして、あたりの地面を見る。

要治の声「道路の痕跡もなかった。何十年も前から」

●雑木林

要治、歩く。

要治の声「雑木林だったというように、下草も濃密にはえて、およそ三百七十戸もあった高台の住宅地が一夜にしてかげも形もないのだ」

紀子の声「稔！　いけない！」

●稔の部屋

部屋のカーテンがさっとあけられる。稔である。着替えている。

紀子「いけないいって、お父さんいったでしょう！」

稔「(外に気を奪われて、声が出ない)」

紀子「(稔が見てしまったので声をおとし) 閉めて。閉めなさい」

信子「なんなの？ (とふるえる声でいって行こうとする)」

紀子「(その信子の手をつかむ)」

信子「私だって見たいわ (とふりはらって窓の方へ行く)」

稔「(紀子を振り向いて) なにこれ？」

信子「どう――どうなってるの？ (と窓の外の風景に心奪われている)」

●雑木林の斜面

要治、すべるように来て、木に手をついて遠くを見る。

要治「――（息をのんでいる）」

遠望のきくところなのである。

●要治の見た光景

多摩川とポツポツとある家。あきらかに現代ではない。

●斜面

要治「――（見える範囲を見ようとする）」

やや斜め下の方から、なにか意味不明の怒鳴り声（実は、「では、武運長久を祈って、勝って来るぞと勇ましく」と怒鳴り「イチニッサン」といったのである）が聞える。その方を見る要治。

男女二十人ほどの歌声が起る。「勝って来るぞと勇ましく、ちかって国を出たからは……」

要治、斜面をその方へ急ぐ。

●神社境内

出征兵士一人を送る二十人ほどの人々。歌っている。

くずれた土塀から見る要治。青ざめている。

歌、終る。

中年の国防服の男「（叫ぶ）出征兵士上野勇君のことばッ！」

上野「（ひとり台の上に立っていて一礼し）本日ここにィ（と怒鳴り口調で）大君《おおきみ》に召され御国《みくに》のためにィ、入隊の栄をたまわりましたことは、喜びにたえませんッ。この上は戦局熾烈《しれつ》の最前戦において、醜敵《しゅうてき》米英撃滅の日まで全力をつくすものであります」

要治「(興奮の中で、一方へ身を低くして行く。道の方へ)」

●境内前の道

要治「(誰かいないかと窺《うかが》い、道へ出ようとして、自分がつかまっているものに気づく。掲示板なのである。ゆっくり、その前へ回る)」

上野の声「(そこまで聞えている) 本日の門出にさいし、かくも御熱心なお見送りをいただき、後顧《こうこ》の憂《うれ》いなく、大東亜十億の民のために、戦うことが出来ます。簡単ではございますが、壮《そう》途《と》にのぼる決意をのべ、お礼の言葉にかえさせていただきますッ!」

要治「(掲示板を見て、息ふるえる)」

掲示板に「時局講演会」の紙。

経済博士本多道郎先生「戦時下の婦人の任務」於国民学校講堂。日時、昭和十九年六月十八日(日)午後一時より。

要治「(読む) 時局講演会。国民学校。昭和十九年六月――」

歌声、おこる。「ああ、あの顔であの声で。手柄頼むと妻や子が」

●境内

「ちぎれる程に振った旗」と大声で小旗の日の丸を振って歌う人々。

国防服の男Aの声「何処のもんだ? (と鋭くきく)」

●境内前の道

要治「(ギクリと振りかえる)」

国防服の男ABCが、とがめるように要治を見て立っている。逃がさないというような身構えがある。
国防服の男A「なにをしてる?」
要治「あ、いや――」
国防服の男B「何処から来た? 何処のもんだ?」
要治「あ――」
国防服の男A「こけぇらのもんじゃねえな?」
要治「いや、つまり、みなさんは、一体なにをしてるんですか?」
国防服の男B「なにを?」
国防服の男A「なにをとは、なにか?」
要治「まるで、その、戦争中のような――フフ、なんか、あの」
国防服の男B「ような、とはなにかッ?」
要治「あ、いや」
国防服の男A「(要治の腕をつかもうとする)」
要治「あ、いや(と逃げる)」
ドドッと他の二人も要治をとりおさえようとする。
要治「いや、いま、あの(と油断なくあとずさりながら)いま、その、昭和、その、何年というか――何年のつもりというか」
国防服の男A「なにをいっとるんだ、こいつはッ」
ワッと、とりおさえられそうになる。かたわらの棒を持って、抵抗するが、殴られたりする。相手の迫力に青くなり、本気で逃げ回る。

●清水家・居間

二階の方から紀子、居間へ入りながら、
紀子「どうしたの?(とおどろく)」
要治「(シャツの片袖がとれた姿で、庭を見て立っていて)いいから(と振りかえる。唇の端をハンカチでおさえている)」
紀子「なにしたの?」
要治「いいから、座れ(続いて来た稔と信子にも)かけろ(といいながら、自分も椅子にかける)」
紀子「喧嘩でもしたの?」
要治「(口の血をふく)」
紀子「どしたの?」
信子「どした?」
稔「――」
要治「いいから、かけろ。――いや。まったく――あまり突飛《とっぴ》で、どういったら、いいか分らないが――」
紀子「(うなずき)なに?(とかける)」
信子「なに?」
要治「まだ外を見ていないお前達には」
紀子「見たの」
要治「う?」
信子「見たわ」
稔「見たよ」
紀子「いけないっていうのに、二人して見ちゃったの」
要治「そうか――」
信子「どういうこと?」
稔「だからさ、だからぼく、きっと、なんかさあ」
要治「ちょっと待て(やや強くいう)」
三人、要治を見る。要治、自制して。
要治「ちょっと、パパの話を聞け。とにかく、四百戸近い、この高台の、住宅地が、一晩で、一軒もなくなってしまっている」
紀子「ほんとに、なんにも?」
要治「ああ」
紀子「遠くを見た? 駅の方とか、多摩川の方とか——」
要治「多摩川の方を見たよ」
紀子「多摩川あった？」
要治「ああ」
紀子「よかった。多摩川までなくなってたら、もうなにがあったんだか訳分らないけど——」
要治「（くって）人の話を聞けよ！」
紀子「だって——だってパパはっきりいわないいんだもの（と不安が溢れる）」
要治「簡単にいえることじゃないんだ！」
信子「なんなの？　一体」
稔「学校もう遅刻だね」
信子「学校どころじゃないでしょ」
稔「へえ。休めるもんだから」
要治「うるさいッ。口を出さないで聞くんだ！」
紀子「——（うなずき）聞く。いって」
要治「裏を出ると、多摩川が見えるな」
紀子「ええ」
要治「多摩川の向うに、二子玉川《ふたこたまがわ》のデパートや、そのもっと遠くに、新宿の高層ビルが見えたりしてたな」
紀子「ええ」
要治「デパートもビルも、国道の二四六の、新しい橋も、なにもない」
紀子「なにもないって。火事で焼けたとか？」
要治「そうじゃあない。昔の玉川電車が見えた」
紀子「昔の？　玉川電車？」
要治「ああ。景色が——戦争の頃に戻っている」
紀子「戦争の頃って」
要治「第二次大戦の頃だ。そのころ、ここに分譲地はなかった。雑木林だった。二子玉川にデパートもなかった。何故だか分らないが、時代が逆戻りして、戦争中になっている、と思うしかない」

紀子「そんな――」
要治「勿論バカ気てるさ。バカ気てるが、洒落《しゃれ》や冗談で、住宅地が雑木林になるか？　橋やデパートや高層ビルをなくしちまうことが出来るか？」
紀子「誰に逢ったの？　誰かに、やられたんじゃないの？」
要治「やられたよ。戦争中の人間に追いかけられたんだ」
紀子「そんな――」
稔「頭、どうかした？」
要治「どうもするもんか。どうかしてるなら、お前たちもどうかしてる？　外になんにもない。お前たちも、それは見ただろう。パパが、どうかしてるなら、お前たちも、どうかしてるんだ」
紀子「電話――そう、電話、私、かけてみる。実家へかけてみる（と電話へ走り、受話器をとり、ダイヤルしながら）荻窪でもそうなのか聞いてみればいいのよ」
要治「――」
紀子「（手を止める）」
要治「どうした？」
紀子「切れてる。電話線切れてる。ツーともウーともいわない（恐怖）」
要治「そうだろう。オレの判断が正しければ、現代の、つまり、昭和五十七年の、荻窪へ、電話が通じるはずがない（と冷静になろうとしている）」
紀子「ちょっと簡単すぎない？」
要治「簡単？」
紀子「簡単すぎるわよ。何故そんな簡単に、バカな事考えるの？　時代が昔に戻るなんて、そんなこと、ありっこないじゃない？」

信子「ほら、ドッキリカメラってあるじゃないか（不安は消さずに、明るくいおうとするので、目は笑わない）」
稔「そうだよ。そうじゃないかと思ってたんだ」
要治「ドッキリカメラが、住宅地をなくせるか？ビルや橋をなくせるか？」
紀子「目の錯覚かもしれないわ」
信子「そうよ。家だけ、ちょっと別のところへ運んで」
要治「どうやって？　こんな家を、一晩で、気づかれないで、どうやって運ぶ？」
紀子「だって、テレビ局、この頃、相当なことやるらしいし」
電話のベル。一同、見る。
二回目のベル。
紀子「――（ふるえながら）出て。パパ。やっぱり、なんか、冗談なのよ」
要治「いま、ツーともウーともいわないっていったじゃないか」
信子「そんなこといってないで出てよ」
稔「オレ出るよ」
要治「いかん（と稔を止めて）パパが出る。パパが（と受話器をとり、耳へつけ）もしもし――もしもし」

●公衆電話ボックス

敏夫「（釣り帰りの服装で）あ、あの」

●清水家・居間

要治「もしもし――どちらさまですか？」

●公衆電話ボックス

敏夫「要ちゃん？（おそるおそる）」

●清水家・居間

要治「は？」

●公衆電話ボックス

敏夫「要ちゃんの、お父さんですか？」

●清水家・居間

要治「（とてもホッとして）敏夫さん？　要治ですよ。親父《おやじ》じゃなくて要治です」

紀子「よかった」

●公衆電話ボックス

敏夫「ありがたい。ああ、いまね、いま、品川なんだけどね、あちこち電話したけど、どうしてもつながらない。十二本目で、やっとお宅さんだけ通じたんだ。逢えないかな。どこへでも行くよ。一番いいのはお宅だけど、お邪魔しちゃいけないかね？」

●清水家・居間

要治「――（暗さが戻って来る）」

●公衆電話ボックス

敏夫「もしもし」

●清水家・居間

要治「あ、つまり、いま敏夫さん、品川で」

●公衆電話ボックス

敏夫「そう。駅の脇の公衆電話なんだけどね」

●清水家・居間

要治「突飛なこと聞くけど、そっち、いま、昭和何年？」

●公衆電話ボックス

敏夫「え？」

●清水家・居間

要治「昭和五十七年？」

●公衆電話ボックス

敏夫「あ――」

●清水家・居間

要治「昭和五十七年ですか？」

●公衆電話ボックス

敏夫「あ、あの、なんかあの、わけわかんないんだけどねえ（と外を見る）」

＊＊＊

●公衆電話ボックスの前

兵隊が軍靴《ぐんか》の音をたてて数十人、早足で一方から一方へ、電話ボックスの前を整然と行く。その靴音で敏夫の声は聞えない。しかし、手前を通る兵隊たちの向うに見えかくれして電話をかけている敏夫が見える。そして、ボックスの傍《そば》にしゃがんで、タオルで頭をかくした新也がいる。靴音のみ高く。

●南武線の小駅の前

寒駅《かんえき》。おさげを二つ編みにしてモンペに開襟シャツの長袖の少女が、竹ぼうきで改札口あたりを掃除している。他に人はなくしんとしている。

要治の声「私は品川から来るという敏夫さんを迎えに、おそるおそる最寄りの駅へ出た」

要治「(やや駅からはなれた物陰から駅を窺っている。登山帽に、ワイシャツの腕まくり、黒めのズボン)」

要治の声「見とがめられないように出来るだけ地味な服装を選んだ。駅までの道も駅も、予想通り戦争中のものだった。駅員は、少女だった。これは予想していなかったが、男が戦場へどんどんとられていった時代である。国鉄に少女が勤務しているのに不思議はなかった」

要治「(ギクリと振り向く)」

「間に合う、間に合う」といいつつ、戦闘帽に、ワイシャツ、ゲートルの老人二人が、要治の傍《そば》を走って駅へ急ぐ。それに電車の音、先行して。

●駅前の踏切

国電、ホームを出て踏切りを通って行く。

●駅前

改札口を出たところに敏夫、新也を後ろに従えて立ち、要治の方を見ていて、

敏夫「ああ。要ちゃんは(とかけよって来て)要ちゃんはこないだのままだ。よかった」

要治「(物陰ではなく駅に近いところに立っていて)ああ。敏夫さんも」

敏夫「あ。これ、息子の新也っていってね」

新也「(そっぽを向いていてついて来ていない)」

敏夫「新也。この野郎。(こっち来い、というようにまねき)俺よりでかいけど、まだ十五でね。高校一年。フフ」

要治「そう。(新也へ)いらっしゃい」

新也「(面白くねえ、という感じで、ちょっと一礼)」
敏夫「まったく手前《てめえ》は、挨拶ひとつ出来ねえのか(と軽くだが叩く)」

●雑木林

要治を先頭に、敏夫と新也、続く。

敏夫「いや、まいったねえ、こんなことってあるもんかねえ」
要治「うん」
敏夫「品川からこっち、大崎も大井も大森も全部あんた、どうにもならなく昭和十九年だよ。全部戦争中だよ、あんた」
要治「そう」
敏夫「いや今日は仏滅でね。今日って、こっちの今日じゃないよ。昭和五十七年の方の今日が仏滅でね。休みとったんだよ、勤め」
要治「そう」

●海(朝)

釣り舟に敏夫と新也の二人だけで乗って進む。

敏夫の声「見栄はったって仕様がないからいうけど、こいつひと月学校停学くってんだよ。四月に入って六月に停学だもの、親も泣くよ。女房なんか、疲れてもうこいつの顔も見たくないなんていってさ。仕様がねえから、昨夜のうちに真鶴《まなづる》の釣舟屋へ二人で行ってね、よく知ってる親爺《おやじ》に、どうだい、親子二人でじっくり話したい。釣舟水入らずで貸してくれねえかって、今朝二人で朝早く舟出したのよ」

●清水家・居間

敏夫「(要治、紀子、信子、稔、新也が聞いていているところでしゃべっている)沖であんた釣しながら、親と子で、じっくりしゃべり合ってみようって計画なんだけどね」
紀子「(うなずく)」
敏夫「この野郎(と新也の頭を摑《つか》んでゆすり)舟酔いしちまって、どうでも帰るって、話どころじゃないんだよ」
要治「酔っちゃ仕様がないなあ」
敏夫「で、舟トントントントンと真鶴のあんた港へ戻して来ると、ガラーッと港がかわっちまってる。戦争中になっちゃってんだよ」
要治「そうか」
敏夫「それからは大変よ。訳分らないだろ。はじめは映画のロケかなんかかなんて思ったりさ。ところが駅行ったたって何処行ったって戦争中よ。切符買おうとしたら、二円六十銭とかいうんだよ」
紀子「ああ」
敏夫「そんな金ありゃあしない。ナイロンのアノラック着てたの脱いで、近所の魚屋の裏へ行って、これ買わないかっていったら十円なら買うっていうんだよ。こっちは十円が高いんだか安いんだかさっぱり分らない。とにかく家へ帰らなきゃって、十円で売って、戻って来ると、こいつが駅の脇で殴られてるのよ」

●真鶴の駅の脇

新也、殴られて、ひっくりかえる。それを更に蹴とばす、ゲートルに国防服、戦闘帽の老人三人ほど。割って入る敏夫、なにすんでェと両手をひろげてかばう。
敏夫の声「こんな頭して、派手なシャツ着て、戦地の兵隊さんにすまないとは思わないのかって、大変な剣幕」

●清水家・居間

敏夫「無茶苦茶込んだ汽車で品川まで戻って、高《たか》輪《なわ》のマンションへ戻ってみると、マンションなんてありゃしない。全部あんた戦争中よ。女房も娘も、あとかたもないよ」

紀子「娘さんもいらっしゃるの」

敏夫「どういうことですか？　なんで、私らばっかり、急に、こんなとこにいるの？　訳分らないじゃないの（と悲しい）」

「御免」という声。

敏夫「どうせ昔に戻るならさ（と続けようとするのを）」

要治「ちょっとシーッ」

「御免」という声。

紀子「あ」

稔「ほら、やっぱり、なんか冗談（なんだよ、という）」

いいながら玄関の方へ行こうとするのを）」

要治「稔（と低くいって、摑まえる）」

信子「きっと、誰かからかってるのよ（と行こうとするのを）」

敏夫「ちょっと待った（と摑まえる）」

●清水家・玄関の表

若くて酷薄《こくはく》そうな将校が、四人ほどの兵隊を背後にして、

将校「御免」

●居間

紀子「（そっとのぞいた顔を戻しながら小声で）兵隊の格好してるわ。バカにして（と行こうとするのを）」

要治「ちょっと待て（と鋭く呼びとめ）俺が出る」

●玄関の表

将校「（ドアを強く叩く。ドンドンドンドン）」

要治の声「はーいッ」

将校「（手を止める）」

要治の声「ただいまッ」

●玄関の中

要治「（奥から来て）ただいま（と落着こうとしつつ、サンダルをはき）申し訳ありません（とドアをあける）」

●玄関の表

将校「（要治をヒタと見る）」

要治「（ドアをあけた形で、軍隊式に一礼し）お待たせいたしました」

将校「御主人か？」

要治「さようです」

将校「この家の建築は何年前か？」

要治「はい。四年と五ヶ月ほどになります」

将校「犬を飼っておられる」

要治「はいッ」

将校「いまどき結構な御身分ですな」

要治「いいえ、餌はもう、このあたりのものを勝手に食ってるようで」

将校「職業は――なにをしておいでか？」

●居間

紀子、敏夫たち、息をひそめている。

要治の声「はいッ」

●玄関の表

将校「なにをしておいでか？」

要治「さる筋の特命を受け、兵器の開発に関わる研究をしております」
将校「さる筋とは、どこか？」
要治「陸軍省であります」
将校「――」
要治「極秘であります。他言無用に願います」
将校「(その要治を短く見つめ、背後の兵の方へ) お前たち」
伍長「はいッ」
将校「何遍《なんべん》この山へ来たか？」
伍長「四遍であります」
将校「このお宅に気がつかないとは、どこを見て歩いておったかッ」
伍長「はいッ」
将校「(要治の方を見て) この先に高射砲陣地をつくることについて、なにかお聞きですか？」
要治「いいえ」
将校「何故道がないんです？」
要治「は？」
将校「お宅へ来る道がない。道がない家とは奇妙なものですな」
要治「ですから、それはさっき申上げた。極秘です。極秘で特殊爆弾の研究をしているのです。道がないのが証拠です。これ以上の追究は、無礼ですぞ (とにらむ)」
将校「いいでしょう。陸軍省に、問合せます」
要治「問合せたって無駄です。極秘なものを、簡単にあかすわけがない」
将校「――」
要治「――」
将校「(ゆっくり敬礼する)」

●清水家・裏庭

ブリキの長持ちを傍に置き、それが深くうめられるくらいの穴を掘っている要治と敏夫。

敏夫「しかしやるねえ、要ちゃんも（笑う）」
要治「もういいよ（と照れながら掘る）」
敏夫「（手は休めず、しゃべりに夢中になりすぎず）大河ドラマかなんかの偉い人みたいだったよ」
要治「十五年以上、テレビドラマ書いてるんだからね。多少役に立たなきゃ」
紀子「（勝手口のドアを強くあけて、たまりかねたように出て来て、要治をにらむ。手に骨董《こっとう》の茶椀の木箱をさげている）」
要治「どうした？」
紀子「あんまり——あんまり、バカ気てるわよ。穴に埋めて逃げるなんて——こんなこと、大の大人がする事？」
要治「することじゃないけど——」
紀子「さっきの兵隊だって、なんか嘘っぽかったわよ」
要治「敏夫さんの話を聞いただろう。ここだけじゃなく」
紀子「話聞くと信じるの？」
要治「話だけじゃないだろう！　現に、うちの周り、なんにもなくなってるじゃないか。これの説明が出来るのか？　信じたかないよ。バカバカしくて仕様がないよ。しかし俺はさっき殴られた。兵隊はあきらかに疑ってた。調べて戻って来たら、どうなる？」
紀子「どうもなりゃあしないわ」
要治「なにをいってる！　テレビやビデオや掃除機や洗濯機、8ミリだって電子レンジだって、みんな昭和十九年には、ないものばっかりだ。俺たちは忽《たちま》ち逮捕されちまう」
紀子「バカ気てるわ。そんな冗談みたいなこと信じられる？」
要治「信じたかないが、どこもかしこも昭和十九年なんだ」
紀子「だまされてるのよ。なんかの間違いよ。きっと」
要治「いう通りにするんだ！」

●清水家・居間と前庭

要治「(裏の方から居間へ急ぎ入って来て、庭を見て) なにをしてる？　大事なものをつめろといったろう。人のいうことが聞けないのか？」
ぺしゃんこのリュックを背負った信子と稔が柴犬のレオを相手にして庭にいて、
稔「ないもん」
要治「なにがない？」
稔「大事なもんなんて、ないよ」
要治「なにをいってる。大事なものがないことはないだろう！」
信子「つめたわ、もう」
要治「なにを、つめた？」
信子「ウォークマンもカメラも」
要治「なにをいってる。そんなものは大事じゃないんだ。大体フィルムも電池も手に入らない。生きるために、一番必要なものを持って行くんだ。下着とかセーターとかスカートとか、チリ紙、石鹸、ノート、ボールペン、そういうものが、なにひとつ手に入らなくなるんだぞ！」
敏夫「新也！　お前なにしてんだ、そんなとこで (とソファのかげから、煙草《たばこ》をすっている新也をひっぱり出し) リュックに持てるだけつめろっていっただろう」
紀子「(現われ) いい加減にして。こんなこと、本気で出来るわけないじゃないの！　どうして、この家出て行くの？　どうして、そんなこと簡単に出来るのよ！」
要治「(殴りたいが、おさえ、かみつくように)

いいか？　用心のためだ。とにかく、なにも起ってないわけじゃないだろう！　頼むから、いう通りにするんだ！」

●雑木林（夕方）

要治、紀子、稔、信子、敏夫、新也の順で、おりて行く。

要治の声「こうして妻と子供たちは、この時はじめて庭の外へ出た。信じられないといっていた妻も、広い分譲地があとかたもなく消えていることに圧倒されたように口をきかなかった」

稔「（立止り）パパ」

要治「うん？（立止る）」

稔「レオ、つないだままだったんじゃない？（短く庭につながれた柴犬インサートされる）」

要治「ああ、はなせばついて来るしな」

稔「でも、それじゃあ――」

要治「大丈夫だ。今晩泊るところを決めたら、パパもう一度家へ戻る」

紀子「どうして？」

要治「（稔へ）その時、はなすよ（といって歩きかける）」

紀子「どうして、もう一度戻るの？（鋭くいう）」

要治「様子を見にさ。もし兵隊が来てなければ、もう少しなんか持って来ることも出来る」

紀子「ほんとに、そう？　さっき聞いてたのよ。二人で、家を燃やそうっていうんじゃないの？（と敏夫を見、要治を見る）」

要治「いや――」

敏夫「奥さん、あの家はヤバイすよ。テレビのアンテナひとつとったって、スパイとかなんとか思われちまう。燃やしちまった方が」

紀子「とんでもないわ。そんなことよくパパ出来るわね」

要治「だから、そんなことは――」
紀子「あの家、どんな思いで（雑木林の中の清水家インサートされる）建てたと思うの？」
要治「だから燃やすとはいっていない。俺も反対してる。いつまた（敏夫に向い）いつまた昭和五十七年に戻っちまうかも分らないんだ、敏夫さん」
敏夫「ああ。分った。そりゃそうだ。分った（と議論をする時ではないと思い、さからわず、受けとめる）」

●畑のある踏切り

国電が通過する。踏切りに立っている要治ら六人。渡って来る。
要治の声「住宅地の高台をおりると、改めて途方もないことに巻きこまれたことを思い知った。踏切りは、昭和五十七年と変らない位置にあったが、周囲はおどろくほど変っていた。このあたりは商店街であり、アパートも沢山あり、畑や田んぼなど、まったくない街だったのである」

畑の中の道を行く六人。トラックが来る。無論旧式である。荷台に、兵隊が十数人乗っている。それをほこりをかぶりながら呆然と見送る六人。

●農家の納屋

暗いところへ、表から戸をあけるので、日光がさし込む。農家の老人が、六人に納屋を見せたのである。
老人「ここでよけりゃあ、一晩貸してもいいが」
敏夫「いいよ。ね（と要治を見て）いいよね？」
要治「ああ、助かるなあ」
老人「いくら出す？」

敏夫「いくら？」
老人「十円は貰わなきゃなあ。六人だ」
敏夫「(その老人の胸ぐらをつかみ) おっさんよ」
老人「なにすっだ！」
敏夫「俺たちはお上の命令でな、自分の家とりこわして来たんだぞ」
老人「ウウッ」
敏夫「空襲がはじまったら下町は逃げる場所がねえから、ここを空地にしろといわれて、自分の家捨てて来たんだぞ」
老人「はなせ」
敏夫「そういう同胞から金をとるのかよ、おやじ」
老人「一晩だぞ。一晩で、出て行くだぞ」
敏夫「握り飯十二個と沢庵《たくあん》とみそ汁用意しろ」
老人「そんな——」
敏夫「その分は只とはいわねえ。払ってやる。相応の金は払ってやる！」

●納屋の中（夜）

ローソク二本ほどの灯りの下で、黙って握り飯を食べている六人。

敏夫「(微笑で) 稔ちゃん」
稔「はい」
敏夫「おじさんのこと、こわくなったかい？」
稔「(フフと目を伏せる)」
敏夫「いや、持ってるもの少いからね。なるべく節約しなくちゃいけない。どのくらい、こういう暮ししなきゃいけないのか、見当つかないしね。こんなとこ泊っていちいち金払ってちゃ、すぐなんにもなくなっちゃうもんなあ」
要治「もし——」
敏夫「うん？」
要治「いまが昭和十九年の六月とすると、戦争が終るのは二十年の八月十五日だからね」

紀子「――」

要治「一年と二ヶ月もある」

紀子「そんな話よして」

信子「フフ、でも、こんなのはじめてね。ちょっとキャンプみたい」

稔「たまにはいいよ、こういうのも」

敏夫「まったくだ。ちょっとくさいけどな」

新也をのぞく五人、フフフと笑う。

●清水家・廊下

懐中電灯の灯りが寝室から漏れている。

要治の声「その夜、敏夫さんと私だけでもう一度家に戻った」

●寝室

要治「(懐中電灯をほどよきところに置き、ショルダーバッグに本を詰めている)」

要治の声「戦争中のことを書いた二、三冊の本、折りたたみの傘、ビタミン剤など、うっかりしていたものをカバンに詰めた。電気は切れていたが、静かだった。これならなにも、慌てて家を出ることはなかったかもしれないと、家族にすまない気がした」

●居間

同じく懐中電灯をほどよきところに置いて、石油のポリ容器を両手に台所の方からやって来る敏夫。置いて、キャップをはずす。

要治「なに、してるの？（と廊下からの入口に立つ）」

敏夫「あ、いや、裏に石油あったからね」

要治「燃やそうっていうの？」

敏夫「いや、無論遠くへ逃げちまえばそれでいいんだけど、兵隊来て、中見ると、フフ、新建材だし、テレビはあるし、俺たちを余程あやしいもんだって思うんじゃないかって」

犬が外で吠える。

敏夫「あ、犬、はなしていいんじゃないの?」

要治「(誰か来た、と思い、ドキリとしつつ)はなしたよ、さっき」

敏夫「(パッと電灯を消す)」

要治「(消す)」

●雑木林

銃を持った兵隊が、小走りに家に沿って十人ほど走る。

犬の声、キュンといって終る。

●廊下

要治「(ほとんどシルエットで、居間から現われ)こっち(と行く)」

敏夫「(続く)」

なにかにつまずいて音がする。

●玄関の表

投光器でいきなり玄関のドア、パッと照らされる。

続いて庭に面した居間のガラス戸(カーテンがかかっている)も投光器で照らされる。

玄関に将校対していて、その背後にかなりの人数の兵隊が銃を持って家に警戒しつつ対している。

将校「全員、両手をあげて出て来い」

犬、庭で死んでいる。

将校「家は包囲した。全員、出て来い」

玄関のドア。庭のガラス戸。

静寂。

将校「三つ数える。その間に応答せい。応答がなければ銃撃する。一」

●雑木林

ころがるように来てピタリと動かなくなる要治と敏夫。

将校の声「二ィ」

●玄関の表と庭

将校「三。撃てェッ！」

一斉の銃撃。

●雑木林

息をのんでいる要治と敏夫。

●庭の割れたガラス戸

ドッと中で火の手があがる。

●雑木林

走る要治と敏夫。

●燃えている庭のガラス戸

●細い山道

ころがるように脇の斜面から、とびおりる要治と敏夫。

●燃えている清水家

●やや広い農村の道

要治と敏夫、走って来て、家のかげにころがり込む。

すかさず一方から農民男女数人、走って来て、

女A「山だよ、山、ほら」

男Ａ「燃えとるぞ」
女Ｂ「鉄砲の音したもんねえ」
女Ｃ「来んじゃないよ、子供は」
それらの声と共に要治と敏夫の前を足が走る。
敏夫「要ちゃん」
要治「うん？」
男Ｂ「火事だ、ありゃ（と走る足）」
敏夫「トラックだ（と一方を見ていう）」
要治「うん？（と見る）」
敏夫「（パッと走って道の向うのトラックの陰にかくれる）」
要治「（パッと走り、敏夫に続く）」
敏夫「（トラックの運転席のドアにとりついて中を見ていて、やっと来た要治に）空《から》だ。キーもある（ととびおりてドアをあける）」
要治「（急いで走り寄り）まずいよ。軍隊のトラックだよ」
敏夫「（のり込んで）家一軒燃やされて、なにいってるの」
要治「捕まったら、生命《いのち》にかかわるよ」
敏夫「火がおさまったら、この辺シラミつぶしだぞ（とエンジンをかけ）捕まるのは俺よりあんただ。ガタガタいわないで、出来るだけ遠くへ逃げるんだ」
要治「そりゃあ、しかし、軍隊敵に回しちゃあ」
敏夫「とっくに敵に回してるじゃねえか！」
トラック動き出す。
要治「（ドアにとりついて）敏夫さん！」

●道

トラック、ふっとばす。
要治、ステップに乗り、ドアにつかまっている。

●納屋

外から戸をあける要治。

要治「急いで荷物持ってトラックに乗るんだ！」

ロウソクの中で、とび起きる紀子、信子、稔、新也。

●道

トラック、ふっとんで走る。

●そのトラック

荷台の要治、稔、信子、新也。ふり落されないように夢中でつかまっている。

運転する敏夫。助手席の紀子。

要治の声「トラックはひどくゆれ、私も追って来る車はないかと緊張して、その晩は、わが家が燃えていることを、家族に話さなかった」

＊＊＊

●燃えている清水家

●畑のはずれ（朝）

あまりひろがりのない、身をかくしたという印象の場所。朝もや。飯ごうで飯を炊《た》いている要治。その火を見つめている稔。

紀子、信子は横になり、新也はややはなれて、そっぽを向いて腰をおろし、ぼんやり目をなにかに向けている。

要治の声「府中で五人がトラックをおりた。敏夫さんは出来るだけ遠くへ車を捨ててくるといって走り去った。私は、家が燃えてしまったことを家族に話した。妻と信子はひどく気落ちして横になり、稔も口をきかなくなった。敏夫さんが戻るまでここで待つのである。それから、どうするか？　米、缶詰、即席ラーメンなどは少し持って来ていたが、六人で食べてはあっという間であった。とにかくいくらかでも金を手にしなければならない。無駄だとは思いつつ、十万ほどの金を（胸ポケットから出す）持って来てはいたが、ずっと昭和十九年が続くとすれば、こんな金が役に立つはずがなかった」

要治「（稔を見て、ふとその着ているものに気づき）稔」

稔「うん？」

要治「それ、昨日から着てたか？（とトレーナーをいう）」

稔「（見て）うん、寝る時から」

要治「そうか」

稔「どうして？」

要治「いや、この時代はな、そんな英語のついた服を着ることは出来ないんだ」

稔「どして？」

要治「急なことで、ろくな話も出来なかったが、どうやら、俺たちは、昭和十九年という——フフ、パパが小学校の四年生だった頃の——戦争の真最中の時代に、来ちまったようなんだ」

稔「——うん」

要治「戦争っていうのは、何処と日本が戦ってるか分るかな？」

稔「ソ連？」

要治「そうじゃない。アメリカなんだ。アメリカと戦争をしている。もう一年半以上、アメリカと戦争しているんだ」

稔「ふうん（超合金のオモチャを手にする）」

要治「はじめは少し勝っていたんだが、段々負けて来た。これから町へ行けば分るが、戦争のために、物も金もどんどん使っちまってるんだな。

日本は、とても貧乏になっている。なにもないんだ。食べるものも、着るものも、ノートとか鉛筆とか、そういうものも、全然といっていいほど売っていないんだ」
稔「――うん（超合金のオモチャをいじっている）」
要治「お前が、これまで暮して来た時代とはものすごくちがうんだ。前には、物はいくらでもあったろ。ありすぎるくらいあった。今度は、なにもない時代なんだ」
稔「（超合金のオモチャをいじって変身させている）」
要治「なにをしてる？」
稔「（手を止める）」
要治「そんなもの持って来たのか？　大事なものは、そんなもんじゃないっていっただろう！」
紀子「怒ることないわ！　子供にあたらないでよ！」
要治「あたってやしない」
紀子「あたってるわ。稔に、昔のことなんて分るわけないじゃない！」
要治「分るわけなくたって、分らせなきゃ仕様がないだろう！」
紀子「どうして、いまが昭和十九年だなんて思うの？」
要治「どうしてって」
紀子「この辺見て。これ、昭和十九年の風景？　それとも五十七年の風景？　もしかしたら、一晩たって、また五十七年に戻ってるのかもしれないわ」
要治「――」
紀子「だって、ここら見て、昭和十九年だなんて思える？」
要治「――」

紀子「思える？」
要治「(自制し) ああ。ほんとだ。この風景じゃ何年だか分らない。案外、街へ出ると、マクドナルドがあってケンタッキーフライドチキンがあって、スーパーがあって」
紀子「そうよ」
要治「悪い夢見たよって、ハハ、みんなにいっても信用しなかったりしてな」
紀子「そうよ。きっと、昭和五十七年へ戻ってるわよ。大丈夫よ。行きましょうよ、街へ。街へ行ってみよう！(と痛切な願いをこめていう)」

●府中の町

六人、歩いている。稔はトレーナーを裏返しに着ている。戦争中の町である。
要治の声「町は、しかし、まぎれもなく、昭和十九年だった。防火用水、火たたき。家々のガラス戸の爆風よけの貼り紙。木の電柱に『進め一億、火の玉だ！』『鉄道も兵器だ。無駄な旅行はやめませう』小学生の描いたポスターがあった。人通りの少ない、戦争に疲れた街であった」

六人とも声がない。敏夫の次のシーンの声、先行する。
敏夫の声「シ、シ、シ、シーッ」

●豪農の家の土間

敏夫「(土間に、要治と共に立っていて、向き合って板の間に立って見下しているこの家の六十代の主人に) 御内密に、御内密に願います」
主人「なにをだ？」
敏夫「どうぞ。どうぞ、お座り下さい」
主人「なんだっちゅうだ？　お前らは」
敏夫「だから、シーッ (キッとなり) かしこくも、かしこくもですぞ、御主人」
主人「うん？」
敏夫「お座り下さい。キチンと正座をなさって下さい」
主人「わけ分んねえじゃねえか（といいつつ正座をする）」
敏夫「宮内省を御存じですね」
主人「御存じて――」
敏夫「いや、それだけ。それだけしか申せませんが、私は、さる高貴な御方の運転手を二十二年務めているものです」
主人「うん」
敏夫「こちらは、秘書官の東条さんです」
要治「（仕方なく、調子合せて一礼）」
敏夫「ズバリ。この地区の調査官があなたを選んだのです」
主人「なにを？」

敏夫「米を隠匿《いんとく》してますね？」
主人「隠匿なんぞ？」
敏夫「お国へ供出すべき米を、一部かくしていらっしゃる」
主人「とんでもねえ」
敏夫「それを摘発しようというのではないのです。緊急に内密に、リヤカーと三俵の米を用意されたい」
主人「バカいうな――」
敏夫「（バンと折りたたみの傘を、板の間に置く）」
主人「（ギョッとする）」
敏夫「これを見たことがありますか？」
主人「なんだ？（とおびえあがる）」
敏夫「あるわけがない。日本に三本しかない」
主人「――」
敏夫「軍と宮内省が極秘で開発した皇族方のため

の傘です」
主人「かさ？」
敏夫「これが傘に見えますか？」
主人「いや――」
敏夫「皇族方に御避難いただく時、このような長い傘を持って避難民のようにお移りいただくのは、いかにもおそれ多い」
主人「うむ」
敏夫「こういうものを（とそこまでに布ケースはとり去っていて、ひらきながら）開発したんです。これはさっきもいったように、日本にまだ三本しかない」
主人「（呆気《あつけ》にとられている）」
敏夫「（傘をひらき）どうです」
主人「ほう」
敏夫「見たことないでしょう」
主人「ああ」
敏夫「こういうものを、下《くだ》しおかれるのです、疑っては、おそれ多いですぞ！」

●道

リヤカーに米三俵をのせ、敏夫と要治、夢中で走っている。
要治の声「敏夫さんの嘘八百はおどろくべきものだった。当時はなかったとはいえ、折りたたみの傘一本で、米三俵とリヤカーは素晴らしかった」

●三鷹の借家（夜）

電灯の下で握り飯を食べる六人。敏夫が冗談をいい、一同、笑う。
要治の声「金より物が大事な時代だった。米一斗を前渡しするだけで、私たちは、三鷹で小さな借家を借りることが出来た」

「御免」という声が玄関でする。一同、ハッとロをつぐむ。
隣組組長の声「(老人)ごめんなさい」
要治「あ、はい」
紀子「どうする？（と鋭くきく)」
要治「とにかく、逃げる用意して、かくれて」
敏夫「みんな持つもの持って」
要治「ただいま（と気を落ちつけようとしつつ玄関へ)」

●玄関の表

組長「隣組の組長です」
四十代の女性「(一緒にいて）防空防火訓練の群長です」

●玄関

要治「あ（ひとまずほっとして急ぎ土間へおり、錠をあけ）あ、失礼いたしました」
組長「いや、引越して来られたと聞きまして」
要治「そりゃあお早や早《はば》やと（一礼)」
四十代の女性「この頃は、うるさいもんですから」
要治「は？」
四十代の女性「いえ、隣組内のねえ、転入転出はちゃんと把握していないと、配給でも防火訓練でも、すぐいろいろ問題になりますし」
要治「さよですか。いや、こちらから伺わなければならないのに（といいながら、しゃがんで、ガンダムの絵のついたズックを手早くとって後手にし）おそれ入ります」

●茶の間

要治の声「どうぞ。どうぞ。ちょっと」
紀子、敏夫たち、聞いている。

●玄関

四十代の女性「坊やがいらっしゃるわね？　さっきちょっとお見かけしたけど」

要治「はい」

四十代の女性「六年生ぐらいかしら？」

要治「五年生です」

いいながら、玄関脇にビニール袋に入ったドラえもんのバッジが沢山あるのを見て、それをとろうとして、こぼしてしまい、拾う。

四十代の女性「じゃ、このあたりは朝八時に、この先の弥生《やよい》神社に――なんですか、それ（とドラえもんバッジを見とがめる）」

要治「いいえ、もう、なんでもないんです。フフ、どうも、おそれ入ります」

●茶の間（時間経過）

六人、集っている。

要治「（肩かけのついた魔法瓶から紙コップへお茶を注ぐ）」

敏夫「ひっそり暮すわけにはいかないね」

要治「国民総動員だからね」

紀子「ソウドウィン？」

要治「ああ」

敏夫「奥さんも戦後生れか」

紀子「ええ」

敏夫「いや、私だって、ほとんど憶えがないけど」

要治「戦争中の事を書いた本をね（と部屋の隅のショルダーをとりながらいう）」

敏夫「ああ、それ持って来てよかったねえ」

要治「さっきちょっと見てたんだけど（と本を出

しながら）男は十二歳から六十歳。女は十二歳から四十歳まで、みんな国民登録をしなきゃいけないんだよね（と本をひらく）」
紀子「区役所かなにかに？」
要治「ああ。それやらないと、食糧も衣類も、配給を受けられない。とにかくすごい食糧不足だから、配給受けられなかったら生きて行けないからね」
敏夫「しかし、登録するには戸籍謄本とか、いろいろいるんじゃないの？」
要治「そうなんだ」
敏夫「稔ちゃん学校へ行くったって、前の学校の成績証明いるよねえ」
要治「ああ」
敏夫「なにもないよね、俺たち。手に入れようがない」
要治「ああ」
紀子「稔を、戦争中の学校へ？」
要治「いや、入れたかないが」
紀子「やって行ける？　そんな」
敏夫「入れなきゃ、しかし、さっきみたいのがなんだかんだいってくるしね」
要治「そこんとこは、もう少し考えないといけないけど」
敏夫「いや、それよりなにより、子供に、もっと戦争中ってもんを、分らせなきゃいけないね」
要治「うむ」
敏夫「ガンダムやドラえもんは、悪いけどヤバイよ、やっぱり」
要治「ああ」
敏夫「こら、新也！」
新也「うん？（と生気のない顔）」
敏夫「ぼさっとしてねえで、お前もよく聞くんだ。この時代はな、下手なことすりゃあ、半殺しの目にあうんだ」
新也「——」
敏夫「第一、お前、今晩中に頭刈っちまわなきゃ駄目だ」
新也「冗談じゃねえよ」
敏夫「冗談じゃねえさ。あとで刈ってやるからツベコベいうな。この時代はな、頭そんなことしてる奴はいねえんだ」
新也「——」
敏夫「それから、信子ちゃんたちは、パパっていうの、やめなきゃいけない。パパとかママとか、そんなことは、この時代はいわないんだ。アメリカは敵だからね。敵の言葉は、使っちゃいけないんだ」
信子「——（目を伏せる）」
敏夫「それから、その、いろいろあるよね、要ちゃん」
要治「ああ。そう。日本は、結局来年の夏敗《ま》けるんだが——敗けるなんていっちゃいけない」
敏夫「そりゃあそうだ」
要治「みんな——大半の日本人は、日本が敗けるなんて思っていないんだ。勝つと思っている。だから、一緒になって、日本は絶対勝つといっていないと、なにをされるか分らない」
敏夫「アメリカが強いとか、かっこいいとか、そんなこともいっちゃ駄目だよ」
要治「それから、とにかく、物のない時代だ。なんだって、ないんだ。だから、持っているものは、大切に使わなきゃいけない。紙一枚でも、とっても大切なんだ。それを忘れないことだ」

●玄関

土間で、風呂敷を首にかけた新也が敏夫にはさみで髪を切られている。

敏夫「もっと頭下げろ、ぐっと（と押して刈っている）」

要治の声「その晩、新也君は髪を切られた。普通のはさみで切るのだから、痛いこともあったはずだが、新也君は諦めたように、終始なにもいわなかった」

＊＊＊

●三鷹の借家・前の道（朝）

戦闘帽をかぶった男の子たち（小学生）が、上半身裸で、下は半ズボンと長ズボンにゲートルという子が入りまじって、三列か四列で、走って来る。「イチ　ニ、サン　シ」をくりかえし、整然として、それなりに勇ましい。

●玄関の表

玄関の戸を細くあけて見ている稔。その前を横切って行く小学生たち。

●玄関の中

稔の後姿を見ている紀子。

紀子「稔――」

稔「うん？（振りかえる）」

紀子「御飯（と哀れで微笑していう）」

稔「（目を伏せ）うん――」

●茶の間

六人の紙コップや紙の皿にフォークという朝御飯。新也、髪短くなっている。下手に刈られているのが哀れである。

要治「稔も本当は丸刈りにしなきゃいけないんだ

がなあ（しかし思うところがある）」
敏夫「そうねえ。坊ちゃん刈りの子なんて、戦時中はいなかったからねえ」
紀子「学校、随分ちがうんでしょう？」
敏夫「そう。そりゃあもう随分ちがうね」
要治「うむ」
敏夫「しかし、勉強しろなんて、やかましくいわなかったね。むしろ身体よ。立派な兵隊になれ、ってなもんだからね。そう、先生が生徒を殴るなんて当り前だったなあ。俺なんか毎日やられてたね（と平手打ちの仕草をして笑う）」
稔「――」
敏夫「そう、稔ちゃん（と指し）軍歌をおぼえなくちゃいけないいな。軍歌知らない小学生なんて怪しまれるからな」
要治「――」
敏夫「″若い血潮の予科練の″」
要治「敏夫さん――」
敏夫「うん？」
要治「あんまり自信はないんだけど」
敏夫「なに？」
要治「いや、突然戦争をやってる日本に投げこまれちゃって、ぼくも一所懸命あの頃の事を思い出そうとしている」
敏夫「うん？」
要治「子供たちにね、なるべくいろんな事を教えてね、目立たないように、うまくとけこんでくれればいいと思っている」
敏夫「うん」
要治「ぼくたちも、なんとか適応して行かなきゃいけない。いつ、昭和五十七年に戻れるか分らないんだからね」
敏夫「うん」
要治「でも、ぼくらは、この戦争がどういうものか、どのように終るか、そういうこと、みんな知ってるんだよね」
敏夫「うん」
紀子「――」
要治「それでも、知らないふりをして、ただ、戦争中の日本に合せるだけでいいんだろうか？ 子供に、うまく合せろって教えるだけでいいんだろうか？」
紀子「戦争反対とでもいえっていうの？」
要治「そんなことはいえないだろうけど」
紀子「いえないわ」
敏夫「いえないいな。半殺しだよ」
要治「だからね、だから、せめて、子供だけでも、学校へやるのは、よしたら、どうかと思って――」
敏夫「しかし、どうやって」
要治「病気だよ。病気だってことにして、どっかで診断書書いて貰って、子供だけは、軍事教育なんてさせないで、ぼくらで、この戦争がどういうものか、ちゃんと教えることは出来ないかって思うんだ」
紀子「そんなこと――」
要治「なんだ？」
紀子「本気で出来るの？ すぐパパ綺麗事《きれいごと》いうけど」
要治「綺麗事とはなんだ」
いきなり、玄関のガラス戸、激しく叩かれる。
将校の声「ちょっと開けィ！ ちょっとあけんかッ」
一同、ハッとして見る。

●玄関の表
例の将校が、兵隊五人ほどを従えて激しく戸を叩いている。

●玄関の中

敏夫「（パッと現われ）ただいま、ただいまッ（といって玄関の土間へ急ぎおり、あける）」
将校「（にらむ）」
敏夫「なにか？」
将校「主人か？」
敏夫「そうですが――」
将校「もう一人男がいると聞いた」
敏夫「ちょっと出てますけど」
将校「何処へ行った？」
敏夫「あの、兵隊さんがなんの用でしょうか？」
将校「さがしておる（敏夫を押しのけ）ある人物をさがしておる（と土足のまま上へあがりながら）捜索せいッ」

兵隊たち、土足のまま、ドドッとあがって行く。

●茶の間と座敷

紀子、信子、稔、新也、呆然と立っている中を、荒々しく押入れをあけたり庭へ出たりしてさがす将校と兵たち。

敏夫「（それを追いながら）ちょっと、その、いくら兵隊さんでも、なんか、ひどいんじゃないですか」

●屋根の上

要治、へばりついている。

要治の声「あの将校が、こんなに早くやって来ようとは思っていなかった」

●借家の前

隣組組長と四十代の女性、その他数人の近所の人々が中を窺っている。

要治の声「少しでも不審な人物は、当局へ知らせるような」

●屋根の上の要治

要治の声「時代なのであった」

●ニュース・フィルム

要治の声「それから秋にかけて、日本はろくなことがなかった。六月にサイパン島をとられ、八月にテニヤン、グアムをとられ、それぞれ守備隊は大半戦死をした。十月にはアメリカ軍はレイテ島に上陸、その頃には日本の連合艦隊は、ほとんど消滅したにひとしかった。十月の二十五日には、神風特攻隊の第一陣が出撃している。しかし、新聞やラジオは、まだまだ敗けはたいしたことはないといった。いくらでもとりかえせるし、結局は日本が勝つのだといった。多分そのせいだろうが、敗けると思っている日本人は少なかった」

●兵器工場（秋）

働いている戦闘帽の人々。

その中の要治。

要治の声「そうした中で、私たちがなにをしていたかというと、ただもう生きて行くのに一所懸命なのだった。私のデジタル時計をワイロに使って、戸籍謄本を偽造し」

●工場の別の場所

働いている敏夫。

要治の声「私たちは国民登録をした。そうしなければおちおち寝起きすることも出来なかった」

●ある校庭

他の女性たちと竹槍訓練を受けている紀子。

要治の声「その結果、妻は竹槍で敵を突き殺す訓練を隣組の人たちとしなければならなかったし、私と敏夫さんは兵器工場へ勤めなければならなかった」

●道A

信子、同じくモンペ姿で、郵便のカバンを提げ自転車に乗って配達をしている。

要治の声「信子は郵便局へつとめ、配達をしていた」

●荻窪の家・居間

新也、ころがって超合金のオモチャをいじっている。

稔、一升瓶に入れた玄米を棒で突いている。

要治の声「新也君と稔だけは、家にいた。あれから、中野へ移り、更に板橋、新大久保と転々として、いまは荻窪の借家で、二人だけは家にいた。病気ということにしてあった。これだけが、わずかに」

●工場の一画

昼食の芋を食べる要治と敏夫。

要治の声「他の日本人とちがうところだった（自嘲気味に）わずかにだ。まったく、この戦争がどういうものかも、翌年どういう結果で終るかも百も承知でいながら、私たちには、なにひとつ出来ることがないのだった」

●荻窪の家・茶の間と居間

ちゃぶ台に、スイトンの丼をひとつ置く紀子。

更に、脇の鍋からよそって行く。
信子、その傍で、ころがった形でぼんやり天井を見ている。
居間の方で、要治は稔の勉強を見ている。英語を教えている。
要治の声「昭和五十七年から持って来たものは、もうほとんどなかった。食べるものはとぼしかった。国家が戦争をはじめてしまえば、なにを知っていようと、いかに未来を正確にとらえていようと、一個人にはなにも出来やしないということを、私たちは骨身にしみて思い知っていた」
紀子「御飯です」
要治「お」
紀子「(玄関の脇の小部屋の方へ) 敏夫さん、新也君、御飯ですぅ」
敏夫「はーい」
紀子「(ころがっている信子へ) 信子、起きて。御飯」
要治「よっとこ (と立上り) ああ、腹へった。しかしお前、ちっとも進歩しないなあ、稔」
稔「――(無表情でノートを片づけたりしている)」
要治「来年の八月すぎてみろ。英語が出来る奴は、尊敬されて大変なんだぞ (とちゃぶ台の前へ座る)」
紀子「困るわ、少し外へ出られないと (と稔の事をいう) 一日家の中で、新也くん相手じゃ (となにかをとりに行く)」
要治「仕様がないよ。その代り、戦争中の学校へ行かないですんでるんだ」
紀子「(戻って来ながら) 信子。起きて」
要治「どうした?　なに見てる」
信子「(天井を見たまま)」

要治「御飯だよ。なに、ぼんやりしてる」
信子「（ふっと溜息をついて、身体を起こす）」
紀子「稔も早く」
要治「（信子へ）大変か？　仕事」
信子「だるくて」
要治「そうか」
紀子「食べて早く寝なさい。ほんとに、せめてビタミン剤、もう少し持って来ればよかったわ」
要治「うむ。まさか、こんな暮しが、こう長く続くとは思わなかったからなあ」
信子「いまね」
紀子「うん？」
要治「なんだ？」
信子「デパートのことを思い出してたの」
要治「デパート？」
紀子「デパートって？」
信子「ほんとに、なんでもあったわねえ」
稔「──」
要治「ああ」
紀子「そうねえ。なんか夢みたい」
信子「チョコレートなんてこんなにあって、お寿司だって、シュークリームだって、ケーキだって、もう、いくらでもあって」
紀子「ほんとに。こんなにあっていいのかって思ったわよねえ」
信子「焼売《シューマイ》、ちょっと古いと犬にあげたり、冷蔵庫に牛乳も卵もいつだってあったし、ハンバーガーなんて、すっごく思い出しちゃう」
稔「（いきなり信子に、ウーといいながら打ちかかって行く）」
信子「なにするのよッ」
要治「（稔を抱きとめ）なにをする」
稔「（涙をいっぱいためて）いま、そんな話、することないだろう！　バカヤロウ！　バカヤロウ！（と泣く）」
要治「よし（と抱きしめ）そうだったな。まったくだ。思い出したくないよな。よし」
稔「（泣いている）」
敏夫「（襖《ふすま》あけて、玄関の方から現われる）」
紀子「あ、ごめんなさい。うるさくて」
敏夫「いやあ（と元気がないのに、無理に微笑して）ほんとに、昼飯芋二本、夜はスイトン一杯だもん。なまじ、知ってる子は、たまらないや」
要治「よし、もうよし。食べよう。な、さあ（と励ますように稔をはなす）」
紀子「新也くん、食べるわよ（と叫ぶ）」
敏夫「あ、あの」
紀子「どうかした？」
要治「なに？」
敏夫「いや、あいつ、いいんだよ」
紀子「どうして？」
要治「腹でもこわした？」
敏夫「いや。その、フフ（と目を伏せる）」
要治「どうしたの？」
敏夫「出てっちまったよ」
要治「出てった？」
紀子「何処へ？」
敏夫「あのバカ。フフ、書き置き置いてね」
要治「書き置き？」
紀子「だって、さっきいたのよ」
敏夫「迷ってたらしいんだな。俺が部屋入ってってったら、パッと立ってさ。これ、たたきつけて（とまるめた紙をのばしてたたんだものをちゃぶ台の隅へ置き）出てっちまいやがった」
要治「だって（その紙をとりながら）追いかけなくていいの？」
敏夫「いいんだよ」

紀子「なんだっていうの？」
敏夫「バカ、まったく、見てよ」
要治「そうか（と紙から目をはなし、紀子に渡す）」
敏夫「もうちょっと書きようがありそうなもんじゃないか」
信子「なんて？」
紀子「（もう見ていて、もう一度見て）マイ・ウェイ」
信子「え？」
紀子「（紙を信子に見せ）マイ・ウェイ・新也、だって」
敏夫「まあね。あいつもじき十六だからね。そのくらいの根性なきゃ困るけど」
紀子「でも、大丈夫かしら？」
敏夫「大丈夫、大丈夫。自分ひとりぐらい、なんとかやってくよ、あいつ」
要治「（敏夫を見て）しかし——」
敏夫「その方がいいよ（と自分を納得させるように）その方がいいんだ」
要治「まだ遠く行ってないよ」
紀子「そうよ」
敏夫「いいんだよ。よく、よく俺は考えたんだよ。あいつが、その気になったんなら、行かせた方がいいんだ。やってみた方がいいんだよ」

●駅・ホーム（夜）

そのはずれに新也、ひとりぽつんと立っている。

要治の声「マイ・ウェイ・新也。その書き置きは、新也君も昭和五十七年の子だったんだなあ、という思いを溢れさせた。その子が、昭和十九年の日本を、どう一人で生きて行くのか？」

●兵器工場（昼）

敏夫、働いている。

要治の声「しかし、敏夫さんは頑固に追わなかった。落ちこぼれの新也君の、ひとりで生きて行くという決心に賭けているのかもしれなかった」

●借家・玄関の中

細く戸をあけて外を見ている稔。

要治の声「稔は更にひとりになった。家の中ばかりにいるというのはつらいにちがいなかった」

紀子「(そっとその後姿を見ていて)稔ちゃん、なに見てる?」

稔「――」

紀子「フフ、なに熱心に見ているの? (と土間におりる)」

稔「―― (さっと座敷の方へ行ってしまう)」

紀子「(見送り、外を見る)」

●家の表の道

四人ほどの小学生が、メンコをやっている。

●座敷

稔、障子に手をつっこんで乱暴に破る。

要治の声「しかし」

●家の表の道

メンコをやっている小学生たち。

要治の声「稔の羨んだその小学生たちも、間もなく親元をはなれ」

●ニュース・フィルム

要治の声「先生に引率されて田舎へ疎開して行っ

たのだった。田舎で、飢えと子供同士のいがみ合いの中で暮すより、孤独とはいえ両親と暮す生活の方がましなはずであったが、稔が体験しない世界の方をましだと思うのも無理はなかった」

●兵器工場

働く要治。

要治の声「しかし、今更自分の子供に戦争中の教育の中で、苦労はさせたくないと思った」

空襲のサイレン。四秒十回、鳴る。

●兵器工場の敷地内

メガホンを持ち、ゲートル、戦闘帽の男が「空襲警報発令」と叫んで走る。

従業員たち、とび出して防空壕へ。

●敷地に穴が掘ってあるだけの壕

とびこむ従業員。サイレン、まだ鳴っている。

要治、とびこむ。続いて敏夫、とびこんで、要治の傍で、

敏夫「来たね、やっぱり（小声でいう）」

要治「ああ」

敏夫「気味わるいくらい本の通りじゃない」

要治「ああ」

敏夫「こんなあんた穴掘って、こんなとこ入ったって空襲をふせげっこないじゃない」

要治「(周りを気にして) 聞えるよ」

●ニュース・フィルム

轟々《ごうごう》ととぶB29。

要治の声「東京へのはじめての大空襲は昭和十九年十一月二十四日だった」

●借家・茶の間と座敷

要治「(黒い布をかけた電灯の下で、本をひらいている)」
紀子「(その傍で、靴下のつぎをしている)」
要治の声「それは歴史の本にある通りだった」
要治「こちらは――」
紀子「うん？」
要治「本の通りなら、終戦まで空襲を受けない。ひとまず、安心てことだが――」
紀子「――(疲れている。つぎをする)」
要治「情けないね。そのくらい、未来を知っていても、どうにもならない」
紀子「――(つぎをしている)」
要治「戦後を三十七年も生きたのに、なんにもならないな」
紀子「それよりなにより、稔も信子も、身体がかゆくて、すぐおできになって困るわ」
要治「アレルギーか？」
紀子「栄養失調よ。あちこち膿《う》んじゃって、かゆくて痛くて、よく眠れないのよ」

前記の台詞《せりふ》の中で、稔と信子の眠っている座敷を見せ、

稔、寝返りをうつ。

要治「(その稔を見て) 日曜、また川越あたりへ買い出しに行かなきゃいけないなあ」
紀子「卵、子供の分だけでも、手に入るといいんだけど」
要治「そうだなあ」

●ある農家（昼）

中年の主婦が、なにか穀物を前庭に干している。要治、ペチャンコのリュックを背負い、後ろに稔を従えて、

要治「（卑屈な感じちょっとあって）すみません、お邪魔します」
主婦「（知らん顔で働いている）」
要治「お芋かなにか、少し分けていただけないですか？」
主婦「ねえよ（とニベもなくいう）」
要治「あ、それなんですか？（干しているものを）大豆ですか？」
主婦「猫撫で声出して。お前らのな、根性は分っとるだよ」
要治「なんのことですか？」
主婦「芋欲しいでへいこらして、その実このバカと思うとるんだろうが！」
要治「そんなことありません」
主婦「行くだ行くだ、東京者《もん》にやるようなもんは、なんもねえだ！」

●農村の道

要治と稔、ぺちゃんこのリュックで歩く。

要治の声「闇の米や芋を買いに行く時ぐらい、稔を外に出さなければと連れ歩いた。しかし、なかなか売って貰えないと、私はどうしても卑屈になった。子供には聞かせたくないような、卑屈な声を出してしまうのだった」
要治「（ある農家の前に立止り）ここ、攻めてみるかな、一丁（と小さく稔の方へいい）待ってろよ（と前庭へ入って行く）」

●別の農家・前庭

要治「あ、こんちは。お邪魔します。どうも、フフフ（と縁側にいる老人に向って、やや卑屈に一礼する）」

●前の道

稔、黙って立っている。

●電車の中（夜）

込んでいる。立ってゆれている要治と稔。

要治の声「一日かかって、やっと少しばかりの米や芋などを手に入れて帰るのだった。稔はほとんど口をきかなくなった。この子は内心私を軽蔑しているのではないか、失望しているのではないかという思いが、よく私の胸を刺した。工場へ通い、休日には、やたらに世辞をいって、芋を買いに行くだけの父親」

●借家・茶の間（昼）

紀子が鍋から汁粉を茶椀によそっている。それを見ている稔と信子と敏夫。

敏夫「ウフ、におうねえ。いいねえ」などといって稔や信子の気をひき立たせようとしている。信子は、微笑でそれにこたえ「おいしそう。ふるえちゃう」などといっているが声は聞えず、

要治の声「しかし、私になにが出来るだろう。昭和五十七年から来たということをかくし、なんとか人並に暮すだけで精一杯だった」

●玄関の表

軒へ日の丸の旗の竿を縛りつけている要治。

要治の声「こうして、私たちは昭和二十年の正月を迎えた」

信子の声「お父さん」

要治「（考え事をしていて、こたえない）」

信子の声「お父さん、何処？」

要治「あ、ここだ」

信子「（機嫌よく戸をあけ）お汁粉、一人お餅一個半よ（近所に聞えないようにいって、すぐひっこむ）」
要治「そりゃあ、すごいなあ（と入って行く）」

●茶の間

紀子「じゃ、敏夫さん」
要治、敏夫、信子、稔もちゃぶ台の囲《まわ》りに正座していて、お汁粉だけがちゃぶ台にある。
敏夫「いや、やっぱりそりゃあ要ちゃんがやらなきゃ」
要治「そんなことないよ。正月、なんとかお汁粉で、格好がついたのも、敏夫さんのおかげだし」
敏夫「いやいや」
紀子「そうよ。お父さんじゃ、お餅や小豆なんて、とっても手に入りゃしないもの」
要治「そうだよ」
敏夫「そんなことはないけど、お汁粉さめちゃうし、早く食べたいし」
信子「うん」
敏夫「えー、では、去年は、本当に、とんだことで」
紀子「ほんと。フフ」
敏夫「みんな御苦労さまでした」
要治「（一礼）」
敏夫「今年も、八月十五日まで、まだ戦争だけど、幸いここらは空襲でやられないことが分ってるし、なんとか頑張って、生き抜きましょう」
紀子「新也君も、何処かでお餅食べてるといいけど」
敏夫「あいつのことは、いいっこなし。フフ、いい匂いだねえ。え？　稔ちゃん」
稔「うん（とめずらしく微笑）」

敏夫「あけまして、おめでとうございます」
一同「おめでとうございます」という。
敏夫「いただきましょう」
「いただきます」とみんな口々にいって箸をとる。信子、ちょっとのんで。
信子「ああ、甘い。お汁粉って、こんなおいしいもんだったかしら？」
稔「もっと昔食べときゃよかったよ」
一同、笑う。

＊＊＊

●黒布のかかった電灯（夜）

●茶の間
敏夫、煙草巻き器で、煙草を巻いている。
紀子、つぎをしている。
要治「（台所の方から現われ）栄養のせいかもしれないけど、昭和五十七年より、こっちの方が寒いね（と台所との間の障子を閉める）」
敏夫「どう？　いたどりの葉っぱ――（と巻いた煙草を見せ）結構煙草に見えるじゃない」
要治「へえ。マメだねえ、敏夫さんは」
敏夫「いやいや、なんかさ、考えると腹立ってくるから、なるべくなんかしてるのよ。フフフ」
要治「ちょっと、いいかな？」
敏夫「なに？」
要治「いいって――つまり、前にもちょっといったけど、俺たちは、いろんなことを知ってるわけだよね。いま、勝ってる勝ってるっていってる大本営の発表が嘘なことも、敗戦になることも、マッカーサーが厚木へおりて来ることも、帝銀事件も、朝鮮戦争も東京オリンピックも、ケネディもニクソンもレーガンも知ってるんだよね」
敏夫「うん——」
要治「こんなことは、実に珍しいというか」
紀子「——（ただ、つぎをしている）」
要治「驚くべきことでしょう？」
敏夫「ああ」
要治「なにもしなくていいのかね？　ただみんなと同じように生きてるだけでいいのかね？　それじゃやっぱり、戦後を三十七年も生きた甲斐がないんじゃないかね？」
敏夫「——」
要治「出来る事があるんじゃないかな？」
敏夫「うむ。いや、俺もね、時々新聞見るとさ。あんまり嘘ばっかり書いてあるよね。日本は、まだまだ戦力をかくしていて、時が来たら、ワーッとやっちまうんだなんて事ばかりだろう。国民だますのもいい加減にしろ、実はこうなんだって口から出そうになる時あるよ。でもさ、そんなこといい出したって、誰が信じる？　日本は八月に敗けるっていってみたって、誰も信じやしない。信じるどころか、はり倒されちゃうよ」
要治「だから、ぼくも、いろいろ考えたんだけどね、たとえばさ、三月十日のことを俺たちは知ってるよね」
敏夫「三月十日——」
要治「下町の大空襲だよ。九日の夜中といった方がいいのかもしれないけど、十日の夜明け前、十万人以上死んじまう大空襲が、下町であるんだよね」
敏夫「うん——」
要治「これ、知ってるの、俺たちだけじゃない」
敏夫「うん——」
要治「なんとか——なんとか、それ下町の人に知らせて、少しでも、避難するように出来ないかな?」
紀子「——(手を止めている)」
要治「みすみす十万もの人が死ぬのをほっとく手はないんじゃないかな?」
敏夫「——そりゃあ(そうだけど)」
要治「知っていながら、なにもしないのは情けなかないかね?」
敏夫「——」
要治「せめてそれくらいのことをしなけりゃ俺たちが、いま此処《ここ》にいる意味がないじゃない。子供たちに、ただ芋を買い出しに行った親だっていう、そんな思い出しか残さないんじゃ、口惜しいじゃない」
敏夫「——」
要治「そうじゃないかね?」
敏夫「——うむ」
紀子「そうね」
要治「(見る)」
紀子「ほんと、そう」
要治「——そうか」
紀子「やろう。お父さん、やろう」
要治「——そうか(と嬉しい)」
紀子「私も——なんかなきゃ、こんな時代を生きてるの、たまらないと思ってたの」
要治「(敏夫へ)どうだろう? 出来るだけなんとかしたいじゃない」
敏夫「——(目を伏せている)」
要治「そんなに無茶をいってるかな」
敏夫「いや」
紀子「反対?」
敏夫「そうじゃない。賛成だけどね」
要治「うん」
敏夫「容易な、こっちゃないよ」

要治「分ってるさ。だから今までいい出さなかったんだ。でも、やってみる値打ちはあるだろ？　たとえば広島だって長崎だって、事前にぼくらは知らせることが出来るんだ。手はじめに三月十日を、やってみようよ。結果十人でも二十人でも助かりゃあ、ぼくらがこんな目にあってるのも、無意味じゃあなくなる」
紀子「ただ――」
要治「うん？」
紀子「昔をかえることになるわね。前に死んだ人が、今度は助かると」
要治「どうせかわってるんだ。ぼくらがこんな時代に生きているってことが大体理屈に合わないんだ。やってみようよ。やろうよ、敏夫さん」
敏夫「どうやる？」
要治「ほら。この頃、なんか迷信がはやってるだろ？　朝飯をらっきょうだけで食べると弾丸《たま》に当らないとか、金魚を拝むと爆弾がよけて通るとか」
敏夫「うん」
要治「みんな、そういうのに結構左右されてる。だからこっちも、正確な情報なんていうんじゃなくてね。有名な易者がそういってるってことにして、流したら、どうかと思うんだ」
紀子「いいんじゃない（大きく賛成）」
要治「有名な易者が、何度やっても同じ卦《け》が出る。それは、三月十日の夜明け前の下町の大空襲だって」
敏夫「どうやって、流す？」
要治「どうやってって、下町へ行ってさ」
敏夫「誰かつかまえて、しゃべるかい？」
紀子「そうよ。そうするしかないじゃない」
敏夫「それは、しかし、簡単じゃあないよ」
紀子「分ってるわ」

敏夫「下町の井戸端会議にわり込んで、知らない奴がぺらぺらそんな事しゃべりゃ、みんなあやしむだけだよ」
紀子「でも、たとえば、外食券食堂とか、そういうところで、ちょっとしゃべるとか」
要治「そうだよ。今度の休み、二人（紀子と）で行ってみるよ。どのくらい出来るかやってみるよ。行けそうなら、敏夫さんもやってみてよ」
紀子「いけるわよ。きっと噂ひろまるわよ」
要治「ああ。そんなに賛成してくれるなんて思ってなかったよ」
紀子「するわよ。やろう」
要治「ああ」
と二人オクターブ上って感激している。

●借家の裏

敏夫、ひとり石を蹴とばす。
敏夫「なんで——なんで俺は、女房つきじゃねえんだよ（とまた石を蹴る）」

●外食券食堂（昼）

さして広くない食堂が一杯である。みんな同じ丼の雑炊をセルフサービスで、不機嫌に食べている。紀子と要治、並んで食べている。
要治の声「出掛けたのは一月の七日だった」

●隅田川

要治の声「厩橋《うまやばし》で隅田川を渡り、本所《ほんじょ》の外食券食堂へ」

●外食券食堂

要治の声「入った。何より当惑したのは、みんなひどく不機嫌で、急いでいること、列をなして順番を待っている人のいることだった。とても世間話をしながら、ゆっくり食べるなどという空気ではなかった」

●下町の道

防空演習のバケツリレーをしている人々。要治と紀子、その傍を、よけながら行く。

要治の声「それは町を歩いてもそうで、誰かに、易者の不確かな話を、きり出せるような空気はなかった」

●神社・境内（夕方）

要治と紀子、疲れてへたりこんでいる。

要治の声「情けないことに、私たちは、たった一人にさえ話しかけることが出来ずに、夕方を迎えてしまったのだった」

紀子「フフ、まいったわ」

要治「うん――」

紀子「こんなにむずかしいなんて思っていなかった」

要治「ああ――」

紀子「二人とも、実は人見知りだもんね」

要治「ああ」

紀子「仕様がないわ、いい年をして」

要治「――（苦笑）」

紀子「――（苦笑。疲れている。髪のほつれに手をやる）」

要治「戦争中へ」

紀子「うん？」

要治「戦争中へ来ちまってから、こんな風に、二人でいることなかったなあ」

紀子「――そうね」

要治「（いたわりたくて）苦労してるな」

紀子「フフ、パパもね（とちょっと涙ぐむ）」

要治「――フフ」

紀子「フフ」

●借家・茶の間（夜）

ドサリとちゃぶ台の傍の畳にワラ半紙が四百枚おかれる。ちゃぶ台には、少量の食事の仕度にふきんがかけられている。

要治「（下町から帰ったところで、ゲートルをとっていて、半紙を見て）なに、それ？」
紀子「（靴下を脱いでいて、敏夫を見る）」
敏夫「（半紙を置いた形で、膝をついてあぐらになりながら）悪いけど――」
要治「うん？」
敏夫「二人が、うまくしゃべって来るとは思えなかったんだ」
紀子「（苦笑）」
要治「そりゃあ――さすがというか（苦笑）」
敏夫「俺なりに、元日から、いろいろ手ェ回してたんだ」
紀子「で？」
敏夫「これ四百枚。半分に切れば八百枚」
要治「ビラか」
敏夫「そう、ビラ。これ、郵便受けに入れて行くんだよ。それなら、やれないことじゃない」
要治「なるほど」
紀子「よく、こんなに、紙、手に入ったわね」
敏夫「要ちゃん、文章考えてよ。で、みんなで手分けして書くのさ」
紀子「書くの？」
敏夫「いや、ガリ刷り借りるの大変だろ。なに刷ってるか分ったりすると」
要治「書こう。信子も稔も書くよ。書いた方が気持が通じるよ。そりゃあ、さすがに敏夫さんだよ」
紀子「ほんと」

要治「信子、稔、ちょっと来なさい。やることがある。お父さんたち、これからやろうとしていることがあるんだ」

●同じ茶の間（夜）

書いている五人。

要治の声「私たちは書きに書いた。信子も稔も黙って従った。本当をいえば、興奮して喜んで協力するかと思ったのだが、ただ、黙って書くだけだった。それでもよかった。とにかく八百枚の紙に私たちは、三月十日の空襲についての噂を書き」

●下町の道（夜）

紀子と敏夫、配って歩く。

要治の声「手分けして、三軒置き、五軒置きというように配った」

●下町の道（昼）

要治と信子と稔が、人目をさけて配って行く。

要治の声「人目を避けて配るのは、むずかしかったが、一枚一枚大切に、空襲のあるはずの深川、本所《ほんじょ》、浅草、日本橋を配って歩いた」

●下町の道（夜）

配る敏夫と要治。

要治の声「昭和五十七年から持って来た本のおかげで、ちょっと信じて貰えるような事を書くことが出来た。それは、三月四日は雪、三月六日は雨という事実だった」

●下町の道（昼）

配る紀子と稔。

要治の声「もし三月十日の空襲を信じられない人

は、三月四日と三月六日の天気に気をつけて欲しい。もし予言通り、雪と雨だったら、三月十日の空襲も信じてほしいと書いたのだった」

●ニュースフィルム

　B29爆撃機のとぶフィルム。

要治の声「そうしている間も、アメリカ軍の空襲は、毎日のようにあった。しかし、小さな空襲については、私の持って来た本には記録がなく、結局三月十日の大空襲にしぼるしかなかった」

●下町の道（昼）

　警官四人ほどに警防団らしい男が道に縄をはって通行をさえぎり、通行人の雑のうの中を調べている。

要治の声「全部配り終えたのは、二月の十二日だった。それまでに噂はかなり広がり、町によっては、私たちを捕えようと警官や警防団が、道々に網をはって、通る人を調べたりするほどになっていた」

●隅田川畔

　要治と敏夫が、腰をおろしている。

敏夫「こりゃあ逃げるよ。三月九日の夜には、かなり逃げる人いるよ」

要治「うん」

敏夫「やってみるもんだなあ」

要治「うん」

敏夫「（ややはなれて川を見て、芋を食べている六十代の男を見て）聞いてみようか？」

要治「なにを？」

敏夫「フフ（と笑って、その六十代の男の方へ近づき）おじさん」

六十代の男「（芋をかくして）駄目だよ。これっかないんだから」
敏夫「いや、芋じゃないのよ」
六十代の男「なんだい？」
敏夫「いや、このところね、なんか、三月十日に、すごいのがあるって、大分噂流れてるでしょう？」
六十代の男「だから、なに？」
敏夫「いや、つまり、ほんとかなあ、なんてね」
六十代の男「ほんとなわけがねえだろ」
敏夫「そうかなあ」
六十代の男「バカな噂流しやがって」
敏夫「しかし、地震とかそういうんじゃないんだから。空襲は人がやるもんですからね」
要治「米軍の予定が漏れたのかもしれないし」
敏夫「そう」
六十代の男「よしんばそうだとしたってだよ。あんな噂流せば、逃げられねえじゃねえか」
敏夫「あ」
要治「どうしてですか？」
六十代の男「毎日回覧板、警察、組長、なんかがいって来てるよ」
要治「なんだってですか？」
六十代の男「あんな流言蜚語《りゅうげんひご》を信じるな。信じる奴は非国民だ。九日に逃げるなんて奴は、許せねえって、みんなでお前牽制《けんせい》し合っちまって、逃げたくたって逃げられやしねえじゃねえか」
要治「そんな――」
敏夫「じゃ、誰もその――」
要治「（衝撃を受け）噂のせいで逃げられないっていうんですか？」
敏夫「そりゃ、いけないよ」
要治「そりゃ、いけない。そりゃあ、ない。おじさん、いいですか、三月十日の空襲は必ずあるんですよ」

敏夫「必ずあるんだ、おっさん」
六十代の男「なんだ、お前ら」
要治「信じて下さい」
敏夫「上野公園は大丈夫だよ。あそこへ逃げた人は助かってるんだ」
六十代の男「(要治を逆につかまえ)お前らか、あんな噂流しやがったのは」
要治「そうですよ。実は、そうです。三月十日は絶対に」
六十代の男「(はなれて来る巡回の防空団団員四人ほどに)おい、いたよ、噂流してんのがいたよう」
ちょっと訳分らず立止る団員たち。
敏夫「要ちゃん、逃げよう(とひっぽる)」
要治「しかし、なんにもならないなんて」
敏夫「仕様がないよ(とひっぱる)」
要治「(パッと団員の方を見て)三月十日はねッ」

団員たち「(ただならぬ感じなので走って来る)」
要治「(それに向って)三月十日は、本当ですよッ!」
敏夫「いいから(とひっぱる)」
要治「(ひっぱられながら)三月十日はねッ(といって、ベンチかなにかにぶつかって、ころがる)」
敏夫「なんでもねえよッ(と要治を助けながら、団員たちにいう)」
団員A「なんだ、お前ら(捕えようとする)」
敏夫「なんでもねえったら(とつきとばす)」
団員B「この野郎」
敏夫「逃げろ、要ちゃん!(と対抗し、パッと走る)」
要治「(逃げる)」
追う団員。逃げる要治と敏夫。
つかまって要治、殴られる。それを敏夫、助けて敏夫も殴られる。乱闘のなかで――。

●荻窪の道（夜）

服がやぶれ、殴られたあとなどがある要治と敏夫、疲れた足どりで帰って来る。

要治の声「漸《ようや》く逃げて荻窪まで帰って来た時は、もう夜だった。私は、歩くのも骨なくらいうちのめされていた。私たちが流した噂のせいで、逃げたい人も逃げられなくなっているという。（やりきれなく）私たちの噂のせいで――。まったくこういう風に、戦争がはじまってしまっていては、先行きがどう見えようと、戦争にどう批判的であろうと、そんなことはなんにもならないということを、改めて思い知ったのだった」

敏夫「ああ、寝ころびたいね。とにかく、寝ころびたいよ。ハハハ（と無理矢理気を励まして、借家へ急にスタスタと先に行き）ただいまッ（と明るくあけ、ドキンとする）」

●借家・茶の間

玄関の敏夫と向き合う形で、丸坊主の新也が、正座している。

紀子「あ、お帰りなさい（と台所の方から）さっき、三十分ほど前、新也君、帰って来たのよ」

敏夫「（小さく）バカヤロウ」

要治「新也君」

敏夫「（ちょっと泣き声になって）何処にいたんだ、お前。バカヤロウ（と嬉しく、泣きたくもあり、靴を脱いで、ドドッとあがって茶の間へ入る）」

新也「御心配かけました（と両手をついてキチンと一礼）」

敏夫「なんだと？（座り）なんだと？（礼儀正し

い新也にすぐ対応できない)」
紀子「すっかり、すっかり新也君かわっちゃったのよ」
要治「お帰り、新也君」
新也「(また一礼)」
敏夫「(メロメロの父親で)何処にいた? なにしてた?」
新也「軍需工場で働いていました」
敏夫「そうか。よくやったなあ」
新也「身元なんかどうでもいい。問題は国のために生命《いのち》を賭して働く気があるかどうかだ、といわれました」
敏夫「そうか――」
新也「みんな御国のために死ぬ気で働いています」
敏夫「うん?」
新也「学校の成績が悪いからって、クズみたいにいう奴はいませんッ。俺は、一月は月間増産表彰を受けました」
敏夫「そりゃ、たいした鼻息だが」
新也「お父さんたちは、まだつまらないことをいってるそうですね」
敏夫「つまらないって――」
新也「国のためにみんなが真剣になっている時、ぐずぐずいってる奴は、親でも俺は許せませんッ」
敏夫「ちょっとお前」
新也「(要治を見て)おじさんは、どうですか? 国のために死んで行く人を笑えますか?」
要治「笑えやしないよ」
新也「でも、バカな死に方だと思ってるんじゃないんですか? つまらない戦争だって」
要治「いや、そんな事はいわないが」
信子「いってるわ、つまらない戦争だって」

要治「いや」

信子「私だって、たまらないわ。みんな、一所懸命国のために働いてるのに、つまらない戦争、バカな戦争って」

要治「しかし」

信子「米軍は、日本人をどんどん空襲で殺してるのよ。そんな敵を憎いと思わないなんて、おかしいわよ」

紀子「信子ちゃん」

新也「工場を仮病使って休んで、ふらふらほっつき歩いて」

敏夫「ふらふらとはなんだ！」

要治「それは、ちがうぞ、新也君。この戦争はな」

稔「(急に襖かなにかを、殴りはじめる)」

　サイレンが空襲を告げはじめる。

紀子「稔ちゃん！」

要治「八月になれば、日本人全員が、この戦争は間違っていたと気がつくんだ」

敏夫「新也！　お前、どうしたんだ？」

新也「(パッと立上り)　空襲です。避難しましょう！」

敏夫「いやあ、大丈夫だ」

要治「大丈夫だよ。このあたりは、終戦まで、やられないんだ」

信子「どうして、そんなに分るのよ！」

要治「分るさ。お父さんは、戦後をずっと生きて来たんだ」

信子「冗談じゃないわ」

要治「信子」

信子「私たちは、昔話をくり返してるんじゃないわ。いまを生きてるのよッ！」

紀子「信ちゃん」

　ドドンという爆撃の音。部屋ゆれる。電気、明滅。

敏夫「近いな」

要治「そんな筈はない。ここらが、やられるはずはないんだ！」

新也「いいから避難するんだ！　避難だ！」

とみんなを外へ押し出そうとした時、座敷に、ドドッと火柱が立つ。

●表の道

パラパラと落ちる焼夷弾《しょういだん》。燃える家々。

逃げる人々。それと、だぶって――。

●逃げる要治たち

轟音、盛り上って。更に爆発音、激しく、原爆を思わせて起る。リアリズムではない音の構成で――。その中を走り続ける要治たち。

●暗闇

静寂。

要治の声「歴史とはちがう。これでは歴史とはちがう。そう思いながら、夢中で走り続け、なにか、おそろしい爆発が起り――」

風の音。ゆっくり、明るくなって行く画面。

●瓦礫の街

要治の声「はじめ、瓦礫《がれき》となにか黒いものが見えた。風の音がしている。それから、黒いものは、焼けただれた手だと分った」

要治、青ざめ、黒く汚れた顔で、たたきつけられたように倒れていて、その顔を、それから身体を、ゆっくり起す。

要治の声「血液が、身体から、どんどん流れているのを感じた。一体、なにが起ったのか？」

要治、ゆっくり、右手をついて、半身を起す。
そして左肩を見る。
要治の声「左腕がなかった。そこから、血液が、多分、流れているのだろう」
要治「(力をふりしぼって、上半身をおこし、腰を落す)」
要治の声「死体がやたらに囲りにあった。見わたす限り、瓦礫ばかりだった。これでは、まるで関東全域がやられてしまっているようなものだ。そんなことをぼんやり思い、それから妻や子供や、敏夫さんたちの姿を、求めた。しかし、みんな黒こげで、どれが、どれやら分らなかった」
要治「——(ぼんやりしている)」
要治の声「こんなことは、昭和二十年の歴史にはなかった。こんな、東京全部が、なくなっちまうような爆撃なんて——」
要治「(遠くに目をとめる)」
要治の声「それから私は、妙なものを見た。あるはずがないものを見た。昭和二十年に、東京タワーがあるはずがない。新宿の高層ビルがあるはずがない」
要治「(目をほそめる。見ようとする)」
要治の声「しかし、遠くに見えるのは、それらの残骸のように見えた」
その残骸の遠望。
要治の声「一体、これは、どういうことか? この一面、なにもない、死の街の東京は、一体何年の東京なのか?」
要治「(ピクリと一方を見る)」
黒い手が、なにかを求めるように上がっている。
要治「あ、ああ(と死体をのりこえてその方へ行く)」

すると、もう黒い手は、力つきている。
要治「（かまわず）あなた——あなた——（とゆする）」
汚れた三十代の男、急に気づいたように、
三十代の男「水、水を——」
要治「ああ——ああ（と見回し）水を、あげましょう。さがしましょう。しかし（と男を見て）その前に、聞きたい。今は、何年ですか？　昭和——いや、一九〇〇何年です？　一九四五年ですか？　それとも一九〇〇——いや二千年ですか？　西暦二千何年ですか？」
三十代の男「（なにかいおうとする）」
要治「今年です。今年は何年です？　こんな、一面やられちまってる東京は——何年です？」
三十代の男「千九百——」
要治「千九百——」
三十代の男「八十——」
要治「八十——千九百八十何年です？」
三十代の男「八十——（力つきて死ぬ）」
要治「あなた——あなたッ（とゆする）」
しかし、要治も力つきそうである。
ふるえる。
要治の声「終りに見た街は、おそらく、水爆でやられた、千九百八十年代の、死の街であった」
要治も倒れこんでしまう。
東京タワー、新宿高層ビル、
そして議事堂の残骸あって——。

●ニュース・フィルム

明るい音楽で、昭和五十七年の日本のさまざまなショット。そこへスタッフ・キャストのクレジット・タイトル流れる。原宿の若い人たち、鈴木内閣組閣記念写真、右翼の若い人たち、夏の江ノ島海岸、犯罪事件、ディスコ風景——。

そして突然、音楽もタイトルも切れ、激しい爆発。原爆である。

アメリカの原爆実験のフィルム。

家はとび樹はとび、家畜は焼かれ——。静寂——。

作者の言葉　山田太一（＊註1）

六つの短篇（＊註2）に共通しているのは、ホテルで書いたことである。書いている間、誰とも逢いたくなかった。長篇で、そんなことはいってられないが、短篇なら可能だった。テレビライターがいい気になってホテルなんて、と反感を抱く人もいるだろうが、五、六泊して十万に満たない小さなホテルだ（弁解することもないけれど）。

一度妻が、私の署名が必要になってやって来たことがある。

「どうしてこんなわびしい部屋にいるの？」

署名した書類から顔を上げると、妻は狭い窓から外を見ていた。眼下は高速道路で、絶え間なく車が流れている。

「もう少しいいところだって誰も文句いわないと思うけど」

「そりゃそうさ」

「なんかあるの？」

「なんかって？」

「さあ」

妻は肩をすくめた。密会に都合がいいとか、そんなことを思っているのかもしれなかった。

「ここだと、いいものが書けるんだ」

「どうして？」

「はじめて入った時がそうだった。二度目からは自己催眠をかけたんだ。ここへ入るといいものが書けるって」

フィクションを書く人間には、多少とも神をあてにするところがあるものだ。

「で、書ける？」

「さあ――」

効果のほどは、お読みくださった諸兄姉の御判断にまかせる他はない。私としてはホテルの霊験は相当にあらたかだったと思っている。同業者に知れると泊まられてしまうから、屋号は書けないけれど。

（中略）

「終りに見た街」は、同名の自作の小説の脚色である。

戦争体験を昔話という範疇《はんちゅう》からぬけ出した形で書くことは出来ないかと、あれこれ考えた末の小説だった。

小説の「あとがき」の一部を引用する。

小学校の五年生の夏に、私は敗戦を迎えました。その年のまだ寒い頃、つまり戦争の末期のある日、教室で担任のE先生が、原子爆弾の原理について、かなりくわしい説明をしてくれたのを憶えています。当時はたしか「特殊爆弾」といった筈ですが、先生は理科教育に熱心な方で、一時限全部を使ってその説明をなさったのです。

時間のあとの、私たち生徒の興奮を、今でも生理的な記憶とでもいった感じで憶えています。

無論、原理については、みんなほとんど分らなかったといってもいいでしょう。問題はその爆弾の威力と、それが日本の学者によって、ひそかに完成に近づいているという部分でした。完成の暁には「ワシントンに一発、ニューヨークに一発落せば、戦争は日本の勝利で、忽《たちま》ち終ってしまう」というのです。「すげエなあ」「絶対じゃんか」などと私たちは、この爆弾が一日も早く完成して、アメリカの都市の人々をみな殺しにしてくれることを心から願ったのでした。

事実はその反対になってしまったわけですが、あの時の先生の目の輝き、私たちの興奮を思い出すと、原爆についてアメリカを非難したりすることが出来なくなるのです。アメリカ人が「お前たちはパール・ハーバーで汚なかった」というと「そっちは原爆を落したじゃないか」と日本人がいい返すという会話のパターンが敗戦後あって、それは今でもなくなっていないように思うのですが、アメリカ人は原爆を落すについて、かなりの道徳的逡巡《しゅんじゅん》があったと聞いています。関係者の中には、のちに発狂した人もいるとも読んだことがあります。子供の頃の小さな記憶をそれに対置することは滑稽《こっけい》ですが、もし日本で原爆が完成していれば、アメリカ人よりずっと迷わずに、私たちはそれを落してしまったのではないか、という気持が私の中には、消し難くあります。

『中央公論』が別冊で戦争体験の特集を出そうと考えている、という話を聞いたのは、今年(一九八一年)の一月の末、編集部の高橋善郎さんからでした。なにか書く気はないか、といわれ、すぐ頭に浮んだのはその教室の興奮でした。そうした体験を入念に思い出して、その意味を自分が「なつかしさ」や「通念」でとりちがえていることはないか、と細かく確かめて行くことは出来ないか、と思いました。しかし、なにせ小学校五年生どまりの体験では、いかにも材料にとぼしく、多くの体験手記にたちまじって存在を主張する自信がありません。

「いや体験手記を書いて貰おうとは思わない。形はなんでもいい。たとえば自分の子供に、あなたなりに捉《とら》えている第二次大戦の現実を書き残す気持になってみないか」

と高橋さんはいいます。

返事を一ヶ月、待って貰いました。そもそも自分にそのようなものを書き残す欲求があるかどうか資格があるかどうかからはじめて、いろいろに迷いました。

結果はご覧のような一種の「体験手記」となったのですが、書き終えてみれば、他に書きようはなかったという思いがあります。


小説は一冊の本になる分量があり、とても正味一時間半という長さでおさまる内容ではないのだが、舞台の大半が第二次大戦中の日本で、一種のSFとなると、いまのテレビドラマの状況では、連続ドラマでは企画が通らないのである。

それどころか、いわゆる「二時間ドラマ」としても「冒険」だといわれ、プロデューサーの千野さん岩永さんは、実現まで相当の御苦労をなさったようであった。いかにドラマの企画の許容の幅が狭いかを改めて感じた。作品はスタッフの熱気に支えられて、原作をはなれ、充分存在を主張出来るものになったと思っている。

とりわけラストの死の街の描写は力のこもったもので、細川俊之さんの瓦礫の中の姿は忘れ難い。

そして更に、そのあとに続くスタッフ、キャストのタイトルバックがよかった。

脚本にはなかったもので、撮影に入ってから相談を受けた。グッドアイデアで、すぐ賛成したが、出来上ったものは予想を上回っていた。

死の街の静寂から突然明るくヴィヴァルディが流れ現代の日本のさまざまな映像がモンタージュされ、それがまた一瞬にして原爆でふきとんでしまうという編集は、演出の田中利一さんの功績である。脚本にもつけ加えさせて貰い（＊註3）、田中さんの力であることを書き留めておく。


一時間半前後の短篇は、方法的に劇映画に準じやすい。

しかし、劇映画と同じ方法をとれば、映像は勿論、観る人々の集中度、予算の額、その他多くのことで、映画にかなうわけがない。

テレビドラマの一時間半は、映画の同じ時間の費消の仕方とは別の方法がなければならず、この六篇は、微力ながら、意識的にテレビドラマの方法を模索したものである。


（一九八五・二・一五）

＊註1　山田太一作品集1『冬構え』（大和書房　一九八五年三月刊）「あとがき」より再録。
＊註2　この短篇シナリオ集には次の六篇が収録されている。いずれも傑作ぞろいである。「冬構え」「教員室」「最後の航海」「ながらえば」「ちょっと愛して…」「終りに見た街」
＊註3　脚本の最終シーンがそれである。

解題

刈谷政則（編集者）

小説『終りに見た街』

「作者の言葉」に書かれているように、小説『終りに見た街』が発表されたのは、雑誌「別冊中央公論」の第二号（一九八一年九月）だった。和暦でいうと昭和五十六年ということになる（以下、本書の性格上、できる限り西暦と和暦を併記する）。雑誌の特集コピーは〈親が子に残す戦争の記録 再び戦争を起こさないための遺書〉。

まず戦争中の資料＝戦争中の教科書や雑誌などのグラビア（文・資料提供 山中恒）があり、巻頭に〈親子で読むメルヘン〉と題して「終りに見た街」が掲載されている。

そのあとの記事を列記すると――「手記 私の戦争体験」Ⅰ 戦時下の市民生活〈疎開・勤労動員・学校・空腹〉Ⅱ 従軍〈上官・特攻・漂流・飢餓・戦犯〉Ⅲ 空襲〈生きる・逃げるそして〉Ⅳ 引揚げ〈中国・満州・朝鮮・樺太〉――といった体験手記がつづく。

小説の単行本が刊行されたのは、同年11月（私の記憶では、小ぶりの新書サイズだった）。そして中公文庫として文庫化されたのは一九八四年（昭和59年）五月のことだった。
長らく品切れ状態のこの小説が小学館文庫で復刊されたのは二〇一三年六月。
ここでは、まず現在では入手困難な中公文庫版の「解説」の一部を紹介したい。
著者は、児童文学作家で『ぼんぼん』という戦争文学の名作を書いた今江祥智さん。

（前略）

世間にはいろんな〝もしも……〟があるが、この作品のもしもくらい怖いもしもはあるまい。わたしどもの世代にとっては、あの悪夢の時代への逆行と再会、若い世代にとっては、全く理不尽な、左様、不条理な世界と面付《つら》き合わすもしもなのである。

いわゆる戦争ものといった小説や映画はまことに数多いし、秀れた作品もいくつもある。しかし、「戦争を知らない子どもたち」の世代にすんなりアッピールする体《てい》のものは少い。

多かれ少かれの抵抗なしに、連中をその世界、あの時代に連れこむのは難しい。

わたしども児童文学の世界にも一連の戦争ものがある。〝父が母が子どもに伝えたいあのいくさの時代の記録〟いや、物語として心をこめて書かれたものである。しかし、あのいくさのころのことを「昔話」と思っている子どもたちに、実感こめて読ませるものを書くのはなかなかに難しいものなのである。わたし自身も『ぼんぼん』三部作千八百枚を費してあの時代を、戦争というやつの顔を伝えようと試みた。子どもの目の高さで見、子どもの歩幅で歩き、子どもの頭で考える体の戦争ものに仕立てたつもりである。少国民、大阪大空襲、飢餓と不平等、田舎での生活を余儀なくされた街の子どもたちの不安とやるせなさ……といったものを克明に再現したつもりでいた。敗戦後に知った知識をできるだけ排除した目で、あの時代を描き、伝えたいと願ってのことだった。

山田さんがこの『終りに見た街』で意図し、迷い、決意し、「他に書きようはなかったという思い」（あとがき）に到って書こうとしたものにも、多分同じような思いがこめられていたにちがいない。ただ、方法がちがっていた。時間のずれというか、時の谷間に落ちこみ逆行した二家族というSF仕立ての設定をとり、あの時代を生きた体験をもつ親たちと、八〇年代に生きている子どもたちを同時に、あの時代に連れこんだのである。親は、子どもは、はたしてどのように「反応」するのか。それがドラマになるわけである。作中のことばで言えば、

「国家の危機に、ひとりひとりの小さな幸せがなんであるか？　ひとりひとりの小さな生命がなんであるか？」

ということが主題になる。そして、

「戦争がどういうものか——それは空襲の中を走ったり、肉親の死を見たり、生と死

の境を切り抜けたり、竹槍で戦う決心をしたり、恋人とひき裂かれるような別れ方をしたりすることであるよりなにより——食べ物や物の極端に不足した日常に耐えることであり、隣人の醜さを見ることであり、体制に従順な圧倒的な多数の者達の、異端な人間に対する容赦のなさを知ることであり、力を持った者の威丈高、国家の有無をいわせぬ強権などを思い知ることであり……」

といったことが、極めて具体的に、そう、まるでテレビドラマでも見ているように語られ描かれているのである。昔話のくり返しではなく、同時代に生きているように克明に再現され、実感をもって読む者に迫るのである。

しかもおしまいの思いもかけぬドンデン返しを用意することによって、歴史がくり返す恐怖ではなくて、現在と近未来にわたしたちを待ち受けている恐怖を戦慄的に予告しているのである。（後略）

ちなみに、復刊された小学館文庫は現在でも容易に本屋さんで手に入る。「解説」は、奥田英朗さんである。以下は解説のほんの一部——。

《設定はファンタジーであるが、登場人物は徹底してリアルで、甘い夢を見させない。ただし突き放しているかというと、そんなことはなく、作者がちゃんと寄り添っている。》

そして、この文庫には、新たな「小学館文庫のためのあとがき」が収められている。

引用させていただく。

これは三十二年前の小説ですが、読み返しても、ほとんど修正の必要を感じませんでした。むしろ、ますます戦争体験が薄れて行く現在より、あのころ書いておいてよかったと（作者の勝手な言い草ですが）ほっとするような思いもありました。

ただラストだけ。はじめて読んで下さる人に余計な思いをさせないように数字を訂正しました（註参照）。書いたころ私の抱いた不安は二十世紀の先行きについてでしたが、幸いにしていまは二十一世紀です。しかし、瓦礫となった東京という不安、予感は今もあのころと同様に私から消えていません。

（中略）

ことによると、本当の終末は（原発体験もあるので）この小説のように一気に一切を失うというものではなく、何十年も何百年もかかってじわじわ、だらだらと、しかしとどめようもなく崩壊に向うというようなものかもしれません。

予言をする力などまったくありませんが、ただ一点、戦争はのらりくらりでもぐずぐずへらへらでもいいから、決してはじめてはいけないと思っています。いったん踏み切ったら、短い高揚の時期はきっとあるでしょうが、たちまち地獄が来ます。それは第一次大戦より第二次大戦より、無情無残で大規模で勝者のいない戦争になるでしょう。小さな物語にかこつけて大きなことをいうようですが、確信が苦手な人間の、ほとんど唯一の確信なのであります。

（二〇一三・五・三）

［註］以下に一九八四年（昭和59年）の①中公文庫版と②二〇一三年（平成25年）の小学館文庫版の修正箇所を併記してみます。

①「何年です？　今年は千九百四十五年ですか？　昭和二十年ですか？・」／「セン、キュウ、ヒャク」と空洞はこたえた。「ハチジュウ――」／やはりそうだ。八〇年代だ。／「千九百八十――十何年です？・」／それにしても一九九〇年代でさえないのか？　一九八〇年代のいつなのか？／「ハチジュウ――」／「ええ――」／私は遠くなりそうな意識を、全身でくいとめて次の数字を待った。

②「何年です？　今年は千九百四十五年ですか？　昭和二十年ですか？・」／「ヘイ――」／「はい？・」／「ヘイ――」／「ヘイってなんです。いまです。いまは何年ですか？・」／「ヘイ――」／「だから、あの、いまは千九百八十年ですか？　九十年ですか？・」／「ニセ――」／「ニセってなんです？　なにがニセですか？・」／「ニセン――」／「はい？・」／私は遠くなりそうな意識を、全身でくいとめて次の数字を待った。

『終りに見た街』を脚色した三つのテレビドラマ

この小説を脚色したテレビドラマは三本ある（いずれも、単発もので制作は全てテレビ朝日）。

そのドラマ三作品を、とりあえず「昭和版」「平成版」「令和版」と呼ぶことにする。本書に収録した山田脚本は、１９８２年（昭和57年）に放送された「昭和版」である。そして、その23年後の２００５年（平成17年）12月３日に山田さん自身のシナリオでリメイクされ、「山田太一ドラマスペシャル　終戦60年特別企画」と題されて放送されたのが平成版である。放送時間も拡大され、当時の新聞の番組表を見ると、夜９時～11時20分となっているから、いわゆる二時間を超える長尺ドラマだった。

新聞各紙の番組欄には「試写室」とか「視聴室」といったコラムがあり、このドラマは各紙の放送当日のコラムに掲載された。ここでは「毎日新聞」の〈子供と若者に見てほしい〉と題したコラムを紹介したい。

《平凡で幸せな一家４人が、ある朝突然、昭和19年６月にタイムスリップした。周囲は戦時色一色。不審に思う軍人や隣組の追及をかわし、同化しないと生き延びられないことが次第に分かってくる。

カネよりモノが大切な社会。食べ物をもらうため卑屈になる自分。一般家庭の日常から見た戦争とは、こんなにもつらくて厳しいもの、という感じがジワジワと伝わってくる。父親役の中井貴一、幼なじみ役の柳沢慎吾がうまい演技で、見る者を次第に画面に引き込んでいく。余裕を持って見ていた人も、最後の場面で凍りつくかもしれない。

山田太一の同名小説を、82年にテレビ朝日がドラマ化。今回は配役などを一新したリメークものだが、核の恐怖が絵空事でなくなってきたこの時期に、再制作した覚悟を評価したい。》

この「平成版」は、今年8月に国書刊行会から刊行された単行本に収録されている。『終りに見た街／男たちの旅路スペシャル〈戦場は遙かになりて〉』（山田太一戦争シナリオ集　頭木弘樹編・解説）がその本である。

ぜひ読み比べていただきたい。

この平成版の特徴は昭和版より長尺であり出演者も一新されていること。そして、重要なのは主人公の年齢だ。

まず、本書昭和版の冒頭を読み直していただきたい。

平成版の冒頭部分は、以下のように変更されているのだ。

●金龍山浅草寺への道

　仲見世から観音さまへ。

要治の声「これからお話するとんでもない出来事が起る二日前、私は夕方の浅草にいた」

　要治、人込みを歩いている。

要治の声「浅草は私が生れた土地である。もっとも、私が住んでいたのは」

●昭和四十年代の浅草の写真

要治の声「昭和四十年代の浅草で、小学校六年の途中までのことだった。一番仲が良かったのは、宮島敏夫さんといった」

本書収録の昭和版の要治は山田さんの実年齢とほぼ同じで、まだ小学生とはいえ、戦中戦後の悲惨な体験をしているのに対して、平成版では二十歳ほど若い戦後世代に設定されている。
　そして、主人公の職業も〈テレビドラマの脚本家〉から〈システムエンジニア〉に変更されているし、パソコンも携帯電話もＤＶＤもある。

参考までに中井、柳沢の他の主な出演者をご紹介したい。木村多江（要治の妻）、柳葉敏郎（将校）の他に、小林桂樹、津川雅彦、佐々木すみ江、柄本明、遠藤憲一という特別出演陣も豪華である。

そして、さらに19年を経て宮藤官九郎による本書収録の令和版が生れた。この斬新な令和版の最大の特徴は、何といっても太一の母清子（88歳）の存在ではないだろうか。時間の谷間に落ちた家族の中で唯一の戦争体験者を生み出した宮藤脚本は、独特のユーモアを交えて令和の現代にふさわしい見事な作品になっている。

「前書き」にもあるように、本書の最大の魅力は、二人の才能あふれる脚本家の作品を「読み比べる」ことができるという一点にあると思う。

山田さんの戦中戦後体験

山田さんのエッセイ集は、八冊ある。その中で戦中戦後の時期を回想したものは数篇にすぎない。ここでは、その中から『いつもの雑踏 いつもの場所で』（初刊一九八五年 冬樹社／のち新潮文庫）に収録された一篇「中学生のころ」を紹介したい。

小学校六年、中学と高校が三年ずつという学制は昭和二十二年からのものである。それまでの中学は五年制であり、義務教育ではなく、行かない人はいくらでもいた。それがこの年から誰も彼も中学へ行くことになった。行かなければならないということになったのである。

その新しい制度の中学へ第一期の一年生として、私は入学した。しかし、校舎なんかありゃあしない。二十年に敗戦となり、住む家にも事欠いている日本で、国中の小学校卒業生が全員中学生になることになったのである。何処《どこ》の土地でも校舎には困ったろう。

神奈川県湯河原町に私はいた。浅草で小学校（当時は国民学校という呼称であったが）三年まですごし、強制疎開（都会の住宅密集地に空襲があった場合を予想し、類焼をくいとめるためと避難場所を確保するために、ある区画の家々をとりこわして空地にしたのである。政府の決定であり、さからって立退《たちの》かないなどということは出来なかった）——その強制疎開で昭和十八年春に湯河原へ越して来たのである。湯河原に小さな蜜柑《みかん》畑と小屋を父は持っていた。愛知県の農村から家出をして上京し、屋台の支那そば屋からはじめて、浅草の繁華街で大衆食堂をひらいた父にとって、別荘を持つことは、一つの夢であったはずである。その夢は、私が三、四歳の頃に千葉の海神《かい じん》に大きな家を建てることで満たした。ところが、そこで三男（私は六男である）を亡《な》くした。肺結核であった。父はすっかりその土地が嫌になり、西の湯河原に畑を買ったのである。家は小屋でいい。子供に体力をつけさせることだと思ったようである。

家をとりこわされ、行くところがなく、一家でその小屋へ移ったのである。

移る前に、浅草の店で、商売に使っていた皿や丼、鍋やフライパンを売った情景も忘れられない。二束三文であった。父はそのようにして獲得した成功を根こそぎ奪われたのであった。奪ったのは戦争である。戦争以外でも、時代の変転はいくらでもそのような悲劇を生むといえるかもしれない。しかし、ほとんど抵抗するすべのない挫折を多くの人々に強《し》いること、戦争に比すべき状況はないのではないかと思う。

父は立直れずにいた。貧困の中で、私は新制中学一年生というものになった。校舎は戦争中、青年学校として使われていたものであった。それ以前には高等科といわれていた学制で、小学校を出て二年間だけ、希望する者が通っていた校舎である。そこへ大勢がつめこまれた。かつて家庭科の教室であった調理台と流しが並ぶ部屋の、流しに板を敷いて机にした。目の前に水道の蛇口があった。しかし文句をいうものはいなかった。物質的不足不便は社会全体のものであり、その中では学校などむしろましな方であった。

たとえば燃料について書くと、ガスなどはなかった。無論プロパンもない。電気は、まだまだ不足で、この年の夏は一週間に三日、朝七時から翌朝七時まで電力危機のため停電という記録がある（記憶にはないが、どっちにせよ燃料としての電力などあてに出来る時代ではなかった）。

山へ行き、杉の葉（樹間に落ちている枯枝）を集めて、背負子《しょいこ》（湯河原あたりでは痩せ馬といった）でかついで来た。それをたきつけにして、薪《まき》は必要の半分ぐらいは買ったはずである。あと半分は、やはり山から拾って来たのだった。

杉の葉が、よく枯れていなかったり、しめっていたりすると燃えつきが悪い。朝起きてかまどに火をつけるのは私の役目であった。燃えつきの悪い時は、とても時間がかかった。芋をゆでたり、時には米の飯を炊いたりして、それを朝食と弁当にしたのである。弁当のおかずは、いつの頃からか、小女魚《こうなご》の佃煮《つくだに》いってんばりになった。それならお菜《かず》をつくらないですむ。ある時期からは給食がはじまったはずだが、記憶では長いこと、四歳年下の妹の分と、二人前の弁当をつくって、学校へ出掛けたような気がしている。（後略）

山田さんの戦中戦後を描いたエッセイには、胸に迫るものが多い。たとえば小林秀雄賞を受賞した『月日の残像』（初刊二〇一三年／新潮社　のち新潮文庫）に収められた「三男と五男」、最後のエッセイ集『夕暮れの時間に』（初刊二〇一五年／河出書房新社　のち河出文庫）収録の「雷門」などは忘れ難い名品である。ぜひお読みいただきたい。

宮藤官九郎 Kudo Kankuro

1970年7月19日生まれ。宮城県出身。脚本家・監督・俳優。1991年より大人計画に参加。テレビドラマの脚本では「池袋ウエストゲートパーク」「木更津キャッツアイ」（第53回芸術選奨文部科学大臣新人賞）、「タイガー＆ドラゴン」（ギャラクシー賞テレビ部門大賞）、「うぬぼれ刑事」（第29回向田邦子賞）、NHK連続テレビ小説「あまちゃん」（東京ドラマアウォード2013 脚本賞）、「ゆとりですがなにか」（第67回芸術選奨文部科学大臣賞〈放送部門〉ほか）、NHK大河ドラマ「いだてん〜東京オリムピック噺〜」（第12回伊丹十三賞）、「俺の家の話」などを手掛け、近年の作品に大石静と共同脚本を務めたNetflixシリーズ「離婚しようよ」、企画・監督も務めた「季節のない街」、「不適切にもほどがある！」「新宿野戦病院」などがある。映画の脚本には『GO』（第25回日本アカデミー賞最優秀脚本賞ほか）、『ピンポン』『アイデン＆ティティ』『ゼブラーマン』『69 sixty nine』『舞妓 Haaaan!!!』『なくもんか』『謝罪の王様』『土竜の唄』シリーズ、『パンク侍、斬られて候』のほか、近年の作品に『1秒先の彼』『ゆとりですがなにか インターナショナル』など。監督・脚本作に映画『真夜中の弥次さん喜多さん』（新藤兼人賞金賞）、『少年メリケンサック』『中学生円山』『TOO YOUNG TO DIE！若くして死ぬ』など。舞台ではウーマンリブシリーズや大パルコ人シリーズの演出・脚本を多数手掛けるほか、「鈍獣」（第49回岸田國士戯曲賞）、「メタルマクベス」、「獣道一直線!!!」ほか多数の脚本を担当。歌舞伎に「大江戸りびんぐでっど」「天日坊」「地球投五郎宇宙荒事」「唐茄子屋〜不思議国之若旦那〜」などがある。俳優として、様々な舞台・映画・ドラマにも出演するほか、パンクコントバンド「グループ魂」では“暴動”の名でギターを担当。また、TBSラジオ「宮藤さんに言ってもしょうがないんですけど」ではラジオパーソナリティを務めるなど、幅広く活動する。

山田太一 Yamada Taichi

1934年6月6日、東京浅草生れ。脚本家・作家。早稲田大学卒業後、松竹大船撮影所入社。木下惠介監督に師事。1965年脚本家として独立し、テレビドラマの世界で数多くの名作を書く。1983年「ながらえば」「終りに見た街」などで第33回芸術選奨文部科学大臣賞、同年「日本の面影」で第2回向田邦子賞、1985年第33回菊池寛賞、1988年『異人たちとの夏』で第1回山本周五郎賞、1992年第34回毎日芸術賞、2008年「本当と嘘とテキーラ」で第11回菊島隆三賞、同年第16回橋田賞 特別賞、2014年『月日の残像』で第13回小林秀雄賞、同年第85回朝日賞などを受賞。2023年11月29日永眠。

［主なテレビドラマ脚本］「藍より青く」「それぞれの秋」「男たちの旅路」「高原へいらっしゃい」「さくらの唄」「岸辺のアルバム」「沿線地図」「あめりか物語」「獅子の時代」「午後の旅立ち」「想い出づくり。」「終りに見た街」「ながらえば」「早春スケッチブック」「ふぞろいの林檎たち」「日本の面影」「シャツの店」「本当と嘘とテキーラ」「ありふれた奇跡」「キルトの家」「時は立ちどまらない」「五年目のひとり」など数多くの名作がある。

［主な小説］『終りに見た街』『飛ぶ夢をしばらく見ない』『遠くの声を捜して』『丘の上の向日葵』『君を見上げて』『冬の蜃気楼』『恋の姿勢で』『彌太郎さんの話』『空也上人がいた』など多数。

［エッセイ集］『街への挨拶』『昼下りの悪魔』『路上のボールペン』『いつもの雑踏 いつもの場所で』『逃げていく街』『誰かへの手紙のように』『月日の残像』『夕暮れの時間に』

［戯曲］「ラヴ」「早春スケッチブック」「教員室」「ジャンプ」「砂の上のダンス」「黄金色の夕暮」「しまいこんでいた歌」「二人の長い影」「林の中のナポリ」「沈黙亭のあかり」などの作品を、地人会、俳優座、文学座、劇団民芸で上演。

終《お》わりに見《み》た街《まち》 シナリオ集《しゅう》

二〇二四年十月五日　第一刷発行

著　者　山田《やまだ》太一《たいち》
　　　　宮藤《くどう》官九郎《かんくろう》

発行者　佐藤　靖

発行所　大和《だいわ》書房
東京都文京区関口一—三三—四
電話　〇三（三二〇三）四五一一

企画編集　刈谷政則
装　画　早瀬とび
装　丁　佐藤亜沙美（サトウサンカイ）
校　正　横坂裕子
本文印刷　信毎書籍印刷
カバー印刷　歩プロセス
製　本　小泉製本

ISBN978-4-479-54045-8

https://www.daiwashobo.co.jp
JASRAC 出 2406478-401